suhrkamp taschenbuch 1367

Bodo Kirchhoff, 1948 in Hamburg geboren, lebt in Frankfurt. Das Theaterstück *Das Kind oder Die Vernichtung von Neuseeland* war die erste Arbeit des Autors, sie erschien 1979. Im selben Jahr folgte die Novelle *Ohne Eifer, ohne Zorn.* 1980 erschienen der Band *Body-Building, Erzählung, Schauspiel, Essay* und Kirchhoffs drittes Stück *An den Rand der Erschöpfung weiter.* 1981 veröffentlichte er Erzählungen unter dem Titel *Die Einsamkeit der Haut* und das Schauspiel *Wer sich liebt.* Kirchhoff unternahm längere Reisen. Aus den Reiseerfahrungen entwickelten sich sein erster Roman, *Zwiefalten*, 1983, und die *Mexikanische Novelle*, 1984. 1985 erschien *Dame und Schwein. Geschichten*, 1987 *Ferne Frauen.* Erzählungen, und 1990 der Roman *Infanta.*

Ein Überlebender erzählt. Als freier Mitarbeiter einer Provinzzeitung hat er deutsche Luftwaffeneinheiten in den Staaten besucht. Er reist ins nahe Mexiko, um ungestört das Porträt eines heutigen Soldaten zu schreiben. Während der Arbeit kommt er mit einer Frau in Kontakt, er flirtet mit ihr; die Mexikanerin verbringt ein paar Tage im Hotel ihres Bruders. Sie verliebt sich in den schreibenden Gast. Der Bruder schickt sie daraufhin in ihre Heimatstadt am Pazifik zurück. Der Erzähler reist ihr nach. Er will arbeiten und lieben; er kann weder das eine noch das andere. Da taucht unerwartet der Soldat auf. Über sich zu reden hat den jungen Piloten verwirrt, er wollte den Älteren wiedersehen. Er ist ihm nachgereist. Die beiden Männer fühlen sich zueinander hingezogen; sie teilen sich das Zimmer, in dem der Erzähler die Mexikanerin trifft. Als er ihren Wünschen mehr und mehr ausweicht, erscheint überraschend der Bruder. Er stellt sich vor die Schwester, er stellt Bedingungen. Der Erzähler unterschätzt sie beide.

Bodo Kirchhoff
Mexikanische Novelle

Suhrkamp

Umschlagmotiv: Ölgemälde von Bodo Kirchhoff

suhrkamp taschenbuch 1367
Erste Auflage 1987

Druck: Nomos Verlagsgesellschaft, Baden-Baden
Printed in Germany
Umschlag nach Entwürfen von Willy Fleckhaus und Rolf Staudt

3 4 5 6 7 8 – 96 95 94 93 92 91

Mexikanische Novelle

1

Ich war nun für mich. Ich lag zur Wand gedreht, mit offenen Augen. Die anderen waren auf dem Heimflug, morgen säßen sie schon wieder in den Redaktionen. Einer hatte mir noch was durch den Türspalt geschoben – »Schick mir doch Deinen Artikel, viel Spaß in Mexiko, Hans!« Leider konnte ich mich nicht an ihn erinnern. Sein Briefchen freute mich auch so.
Bis Mexiko waren es nur ein paar Meilen. Daran dachte ich und fand aus dem Bett. Gegen Mittag lief ich zu der Ausfallstraße, an der das Motel lag. Ich wollte einem Taxi winken. Als ich an einem Papierkorb vorbeikam, warf ich das Briefchen hinein. Ich hätte diesem Hans ja ohnehin nichts schicken können, denn meine Teilnehmerliste war auch schon im Abfall. Wozu die Namen von zwanzig Lokalredakteuren und ihren Provinzzeitungen im Hosensack tragen, samt meinem eigenen Namen. Er stand genau in der Mitte und dahinter nur Frei; das sollte Freiberuflich heißen und hatte die Kollegen neugierig gemacht, auch gereizt. Es waren Fragen gekommen. »Und wohin gehören Sie?«, beispielsweise. Ich war natürlich ausgewichen. Warum hätte ich mich mitteilen sollen. Was ich schrieb, ging an die Breisgau Zeitung. Die Breisgau Zeitung hatte auch die Einla-

dung erhalten – Besichtigung von Ausbildungseinrichtungen der Luftwaffe in den Vereinigten Staaten. Und da die festen Redakteure abends Häuser bauten oder Frauen hatten, die kurz vor der Niederkunft standen, war es an mich gefallen zu reisen.

»Also«, hatte Herr Übelacker gesagt, »da schnappen Sie sich einen jungen Piloten, der aus der Gegend hier stammt, und machen eins Ihrer hübschen Porträts.« Herr Übelacker war der Chef der Breisgau Zeitung und mochte meine Sachen. Er fand sie psychologisch, aber klar; Das Porträt der Woche, das ich für die Beilage schrieb, war ja meine Erfindung gewesen. Ich hatte dann nur »In Ordnung« erwidert, worauf Herr Übelacker von seinem einzigen Besuch in den Staaten erzählte, von den Niagarafällen. Ein paar Wochen später war ich nach Murdock, Arizona, geflogen. Und auf dem Stützpunkt dort bin ich Leutnant Ritzi begegnet.

Die Sonne stach, ich sah mich da am Straßenrand. Im Grunde war ich guter Dinge. Ich freute mich auf Socorro, die Grenzstadt; von Ritzi hatte ich schon einiges gehört, über Bars und scharfes Essen und die Wirtin Mamacita. Wenn er hinübergehe, dann zu ihr. Ein Taxi hielt an, ich stieg ein. Der Fahrer war Mexikaner. Er fädelte sich in den Strom, ich sah aus dem offenen Fenster. Die Bergkette in der Nähe von Murdock schien unter

einem zitternden Glassturz zu liegen. Das kam von der Hitze. Zwei weiße Maschinen flogen auf den bläulichen Fels zu. Fast gleichzeitig zogen sie hoch und verschwanden im Luftraum. Auf Murdock Air Base hatte ich von einer Wette gehört. Wer zuerst nach oben ziehe, habe verloren. Ich hatte Ritzi darauf angesprochen. Aber er war darauf nicht zu sprechen gewesen.
Die Grenze führte durch ein Flußbett, der Fluß war ausgetrocknet. Auf der Autobrücke standen die Zöllner. Die Kontrolle störte mich nicht, im Gegenteil. Mein Paß war recht neu, das Bild sah mir ähnlich. Doch es wurde nur flüchtig verglichen, schon ging es weiter. Die Fahrbahndecke wurde schlecht, und der Verkehr nahm zu; vor einer Kreuzung stockte er. Ein Junge kam ans Auto. Er begann die Windschutzscheibe zu putzen. Der Junge war dunkelhäutig und schmal, seine Augen lächelten mir zu. Ich wandte mich ab. Wohin jetzt, fragte der Fahrer. Er sprach etwas Englisch; mit einer Handbewegung scheuchte er den Jungen. Ich sagte, zu einem Mittelklassehotel, aber mit Pool. Dort wollte ich in Ruhe schreiben. Der Mexikaner bog von der Hauptstraße ab. Das Pflaster hörte auf, ein feiner Sand trieb in der Luft. Ich schloß meine Augen. Morgen wäre auch noch Zeit, mich umzuschauen in der Stadt. Ich war noch nie allein verreist. Mit meiner Freundin war ich oft in Griechenland ge-

wesen. Nach unserer Trennung war ich im Sommer zu Hause geblieben; Marlies hatte zum Abschied gesagt: »Du denkst nur an Dich.« Das war natürlich im Affekt passiert.

Erst als der Fahrer den Motor abstellte, schlug ich die Augen wieder auf. Das Hotel hieß Maria del Carmen. Es war ein zweistöckiges Gebäude mit sehr kleinen Fenstern. Ich zahlte und nahm mein Gepäck. In der Halle war es still. Am Empfang saß ein dunkel gekleideter Mann. Nach den Formalitäten wies er mir den Weg zum Zimmer. Es lag im Erdgeschoß und führte ins Freie, auf einen Hof. Ich zog mir Badesachen an, ich steckte das Nötigste ein. Dann griff ich mein Notizbuch und trat vor die Tür. Der Innenhof war lichtdurchschossen. In der Sonne lag eine Frau.

Ich erfaßte sie sofort, zusammen mit dem Schwimmbassin, an dessen Rand sie lag. Sie schwenkte ihre Unterschenkel. Mal kam die eine, mal die andere Fessel bis zum Steiß. Das kannte ich von Marlies, und irgendwie schmerzte es mich. Ich ging ein paar Schritte, die Frau schien mich zu hören. Sie schob ihr Haar, das über Schultern und Kreuz fiel, zusammen und schaufelte es aus dem Nacken; sie war noch jung. Als ich vorbeikam an ihr, blinzelte sie und öffnete ein wenig den Mund. Den Spalt, den ihre Lippen schufen, empfand ich als freundliches Zeichen. Ich setzte mich an einen Tisch, im Schatten einer

Staude. Stuhl und Tisch standen zufällig so, daß ich die junge Frau spielend im Auge behielt. Um ihr ein Bild von mir zu geben, begann ich zu schreiben.
Nach einer Weile drehte sie sich auf den Rücken. Sie rieb sich den tiefbraunen Bauch ein. Ich machte mir nicht viel aus braungebrannten Frauen, jedenfalls nicht, wenn sie rundherum braun waren. Marlies hatte immer Streifen gehabt nach den Ferien. Das völlig Braungebrannte paßte für mich eher zu Männern, aber auch nur zu bestimmten. Ritzi war so ein Typ. Er hatte diese Haut, die in der Sonne nicht rot wird.
Ihr Bauch war im Liegen wie eine flache Wanne geformt. Durch die Senke stand ihr Höschen etwas von der Haut ab, ein paar gekräuselte Haare schauten hervor. Sie waren ebenso schwarz wie ihr Kopfhaar. Ich sah unentwegt hinüber, bis sich unsere Blicke trafen. Ich blinzelte, sie guckte gedankenverloren, es war ziemlich albern. Dazu kam mein Geschreibe. Ich hörte damit auf, ich fragte, ob sie von hier sei. Sie antwortete, nein, sie sei nur auf Urlaub, es sei ihr letzter Tag. Ich drückte mein Bedauern aus, sie meinte, das mache ihr nichts, sie sei schon recht oft hier gewesen. Das Hotel gehöre ihrem Bruder. Ihr Bruder spreche auch besser englisch als sie.
Ein Gärtner stand plötzlich an der Treppe zum Sprungbrett. Er stützte sich auf einen umgedreh-

ten Rechen, mein Blick fiel auf den Zinkenschweif. Ich sagte, ach, wirklich, und blätterte dann in meinen Notizen. Ich suchte einen Anfang. Hätte ich den Anfangssatz, ginge es schon weiter. Die andere Klippe war der Titel.
Ob ich von ihrem Sonnenöl wolle, für meine Beine ... Sie hielt ein Näpfchen in die Höhe; es war eine unbequeme Armhaltung, mit der sie es anbot. Sie zwang mich zu einer Entscheidung. Ich sagte, danke nein, vielleicht später; mein erster Satz stand fest. Ich schrieb: »Leutnant Ritzi, Jahrgang sechzig, zur Zeit in Murdock, Arizona, kurz vor dem Abschluß seines Grundlehrgangs zum Kampfpiloten, stammt aus Neuhäusern bei Freiburg.«
Ich setzte den Stift wieder ab, sie sagte: »So you are writing.« Ich nickte, und sie rollte sich zurück auf den Bauch. Sie schob die Daumen unter den Bikinirand und zog ihn sich über die halbbloßen Backen, und ich stellte mir die Empfindungen vor, die dadurch an den Daumen ausgelöst wurden. Meine Hände hatten lange keinen Menschen mehr berührt, sieht man vom Händedruck ab. Ich schloß die Augen, um ein bestimmtes Bild von Marlies anzupeilen. Marlies, die von hinten ihre Arme um mich schlingt. Doch als das Bild dann erschien, fiel es mir gleich auf die Nerven, so wie ein schlimmes Geräusch, etwa von pfeifender Kreide.

Ich schlug die Augen wieder auf. Ich sagte, Schreiben sei mein Beruf, ich sei eine Art Journalist, und sie vergrub ihr Gesicht. Darauf fragte ich, was los sei, und sie teilte das fallende Haar. Sie sagte, sie sei auch bei der Zeitung, sei das nicht lustig, sie volontiere gerade, in Acatlán. Der Gärtner kam näher, ohne den Rechen. Ich erwiderte, ja, das sei lustig, es sei ein lustiger Zufall, und machte mich formlos bekannt. Sie wiederholte meinen Namen, dann zeigte sie auf sich. Man sage Baby zu ihr, aber sie heiße Ophelia. Sie sei Baby Ophelia.
Der Gärtner fing nun an, den Rasen zu sprengen, ich sah sie durch den Wasserschleier. Ihr Name beschäftigte mich. Er beschäftigte mich wie ihre Hüften oder ihr Haar. Um das abzuschütteln, blätterte ich wieder. Ich hatte mir auch Nebensächlichkeiten notiert. Ritzi war aus derselben Ecke wie ich, dem Dreisamtal. Wir hatten über Wege gesprochen, die wir beide gut kannten. Der Gärtner entfernte sich etwas. Ich fragte sie, wie alt sie sei.
Sie sagte, dreiundzwanzig, dann kam die Gegenfrage. Eine Frau mit einem Packen Wäsche in den Armen ging vorbei. Das gab mir eine kurze Frist. Setzte ich die Unterhaltung jetzt fort, dachte ich, wäre es wohl aus mit meinem Frieden. Denn seit ich allein war, lief alles glatt, und ich kam mir auch ansehnlich vor; das heißt nicht, daß ich auf-

geblüht war nach der Trennung von Marlies, ich hatte nur diesen Frieden. Ich versuchte zu lächeln, ich nannte mein Alter.
Oh, wie ihr Bruder, rief sie. Früher habe ihr Bruder das El Presidente in Acatlán geführt, das Hotel hier werde auch bald so heißen. Ich nahm mir eine Zigarette. Ich entzündete sie und zog. Als ich sie absetzen wollte, haftete das feine Papier an meinem Unterlippenspalt. Ich spürte, daß ich mich verletzen könnte, wenn ich es nicht vorsichtig löste. Schon ein etwas ungeduldiger Versuch hätte die Oberhaut der Lippe mitgerissen. Ich löste es wie ein Pflaster. So verstrichen Sekunden, und ich sah mich da sitzen. Bis eine Tür aufklappte. Ich hob meinen Blick.
Ein Mann trat in den Innenhof. Er trug einen Anzug, doch ohne Hemd darunter. Sein gescheiteltes Haar war so schwarz wie das ihre. Es sah aus wie lackiert. Er ging auf das Schwimmbecken zu, er ging barfuß. In seinem Gesicht war Bewegung. Ich beneidete ihn um sein Haar. Nur seine Nasenlöcher wirkten noch etwas schwärzer. Obwohl er nicht zu hören war, schwante ihr etwas. Sie stand auf und zeigte sich überrascht, ihn zu sehen, er trat vor sie hin. Sie berührte seinen Rockaufschlag und sah mich an dabei. Sie sagte, mein Bruder, ich verneigte mich kurz.
Er nahm an der anderen Tischseite Platz, er streckte die Beine und hielt das Gesicht in die

Sonne. Ich sah in die Notizen, ich gab mich versunken. Ein Satz fiel mir auf. »Er hat die Ärmel hochgekrempelt und zeigt seine Ellbogenkehlen: eine kraftvoll wirkende Blöße.« Das gefiel mir recht gut. Es splitterte leise. Ohne aufzublicken, konnte ich den Hergang sehen. Ihr Bruder stülpte einen langgewachsenen Nagel über die Kante des Tisches und riß den Finger dann nach unten weg, wieder und wieder. Sein Hotel, begann ich eine Unterhaltung, sei ein sehr netter Platz. Es gefalle mir hier.
Er schien mich nicht gehört zu haben; Baby Ophelia glitt ins Wasser. Aber sie schwamm nicht. Sie stellte sich an den Rand. Sie legte ihre Unterarme auf den Stein und den Kopf in eine der Beugen. Ich sah auf ihren anderen Armknick. Die tiefe Falte und der Film von nassem, dunklem Flaum ergaben ein Bild, auf das ich gern meinen Mund gedrückt hätte; ich wandte mich ab, bis ich den Bruder im Profil sah. Ich hatte sein Auge im Blick. Er schaute ruhig ins Licht, er fing an zu reden.
Ihm gefalle es nicht hier. Es werde alles abgerissen. Heut noch kämen Architekten, zwei Architekten aus Amerika. Ob ich Amerika möge . . . Ich bejahte das und verfolgte das Spiel seiner Hände. Sie beschrieben Figuren und zerstörten sie wieder, sie zerdrückten unsichtbare Gegenstände oder brachen sie entzwei. Dabei sagte er

leise, er möge Amerika gar nicht, bis auf die Architekten. Ich nickte. Seine Hände vollführten jetzt einen Tanz, was mich wohl einschüchtern sollte. Doch ich kannte das von meinen Vater, der Apotheker war. Als ich ihm klargemacht hatte, daß mir an seiner City-Apotheke nichts läge, gab es nur noch diese Zeichen der Finger. So wie im Jahr darauf, am Grab von meiner Mutter; sie war plötzlich gestorben. Baby Ophelia kam aus dem Wasser und legte sich wieder. Ihr Bruder stieß etwas Luft aus der Nase. Dann ließ er fallen, sie sei zu dick.

Er trug viel Gold, um den Hals und um die Handgelenke. Daß er mich kaum beachtete, brachte ich mit diesem vielen Gold in Verbindung. Seine Schwester wrang sich das Haar aus. Ihr kleines, bebendes Doppelkinn zierte sie, fand ich. Ihre Züge waren sehr entwickelt, ohne etwas Grobes zu haben. Aber im Gesicht, sagte ich, sehe sie ihm ähnlich. Er wandte sich mir zu und lächelte, seine Nasenlöcher wuchsen. Ich konnte nichts entgegensetzen. Jedes Wort statt dessen wäre bereits eine Schlappe gewesen. Ich versuchte ihm in die Augen zu schauen, aber es ging nicht. Er schleuste seinen Blick an meinem vorbei; er wich nicht aus, er wich nur ab. Es war ein Silberblick. Er sagte, seine Schwester sei etwas zu dick, aber schön. Und sie sei noch gar nicht ausgewachsen . . .

Er hatte jedes Wort betont und hinter Schön eine Pause gesetzt. In dieser Pause hatte sie mir zugezwinkert und ihr verrutschtes Oberteil gerichtet. Ich wechselte das Thema. Ich fragte ihn, wie sein Hotel im allgemeinen gehe, was für Gäste er habe, worauf er sich erhob und das Jackett auszog. Er hatte keinen durchtrainierten Körper, aber Kraft, das sah man. Sein Hotel gehe gut, erklärte er mir, doch die Gäste seien schlecht. Er lasse alles niederreißen, dann werde hier ein Turm gebaut. Da, wo ich säße. Was ich davon hielte.

Es sei nicht meine Sache, entgegnete ich, und er fragte, ob ich Türme möge. Ich gab keine Antwort, da ich keine Meinung hatte dazu, er drehte sich um. Auf seinem Kreuz lag eine Flut von Licht. Er ging; der Nachmittag war angebrochen.

Ich atmete ein paarmal tief. Aber es erquickte mich nicht. Schwer saß ich da. Es mußte kurz nach drei sein. Meine Zunge war trocken, doch es war noch zu früh für Kaffee; wahrscheinlich war es zehn nach drei. Um diese Uhrzeit war mir oft der Tod erschienen, als ich klein war. Ich war durch die Felder gelaufen, und auf einmal hatte sich nichts mehr bewegt. Laß mich Jesu Schäflein sein, war mir dann in den Ohren gelegen. Ich biß die Zähne zusammen und dachte an Ritzi. Wir hatten ja denselben Dialekt. Und beim Englisch-

reden praktisch den gleichen Akzent. Ich hatte mich sprechen gehört, es war zum Verwechseln gewesen. Etwas blinkte in der Sonne.
Baby Ophelia hielt einen Gegenstand in den Fingern, er ließ sich öffnen und schließen. Es war eine Wimpernzange. Sie spielte damit und fragte, ob ich jetzt vielleicht etwas Sonnenöl wolle, und ich stand auf. Sie legte die Zange beiseite und hob das Näpfchen an, ich eilte mich. Ich schwankte noch nach, als ich dann einen Finger in das Sonnenöl stippte. Das Öl war warm und roch wie ein geschälter, feuchter Zweig. Einen Teil ließ ich abtropfen, den Rest verstrich ich im Gesicht. Sie bat mich, mehr zu nehmen. Es war eine innige Bitte, wie um einen einzigen Kuß. Ich langte noch einmal hinein, dann nahm ich Anlauf, um ins Wasser zu springen. Noch im Sprung fiel mir ein, daß ich mich nicht abgekühlt hatte. Ich spürte aber keine Angst; ich sah mich nur springen – meine Haltung war gut – und wünschte mir Ritzi als Zeugen.
Mein Schwung trug mich quer durch das Becken. Den Restschwung fing ich mit den Händen ab und trieb dabei nach oben. Kaum war ich etwas aus dem Wasser, klatschte es in meinem Rücken, ich warf mich herum. Baby Ophelia war schon untergetaucht und schwamm auf mich zu. Sie schwamm mit großen Zügen. Eine Körperlänge vor mir stieß sie an die Oberfläche. Ihre Haare

waren glatt an den Schädel geklebt und gaben das ganze Gesicht frei. Doch ich hatte nur für Einzelheiten Augen. Ich sah erst ihre Nasenlöcher, dann die Pupillen und ihre ungezupften, langen Brauen, danach die Tropfen auf den Wimpern, die Tropfen auf den Lippen. Ich breitete die Arme aus und suchte am Beckenrand halt. Dadurch kamen meine Schultern zur Geltung, das wußte ich von Marlies. Einmal hatte sie »Bleib so« gerufen und ein Foto geschossen.
Baby Ophelia kam näher und schnaufte. Um ihren Nasenflügel flatterte ein Fähnchen Rotz, sie zog es hoch. Dann sprach sie meinen Namen aus. Der Gärtner tauchte wieder auf und mit ihm ein Gehilfe. Mein Name hatte mich berührt. Er war ihr so leicht über die Lippen gekommen, durch das bloße Zusammensetzen der Silben. Armin. Ich fragte sie: »Darf ich Dich küssen?«
Sie boxte ins Wasser. Sie sagte, »Say it in English!« und ich wandelte etwas den Sinn ab. Ich fragte, »Want to kiss?« und fragte auch sofort, wie das in ihrer Sprache heiße. Sie begann im Wasser zu rühren, sie pflügte es auf. »Quiero darte un beso . . .« Ich nickte, und sie rührte weiter. Bald war der Grund nicht mehr zu sehen, ich spürte einen Fuß, die Nägel ihrer Zehen an meinem Schienbein. »Also sehnst du dich nach Liebe«, stellte ich fest, und sie verlangte wieder, daß ich es auf Englisch sagte. Ihr Fuß drang zwi-

schen meine Knie, ich grätschte die Beine. »You like love?« übersetzte ich frei, und ihre Augen machten einen kleinen Sprung, ich erschrak. Sie schmachtete mich an, doch ich war Luft für sie; sie schmachtete durch mich hindurch. Ich wiederholte meine Worte, sie veränderte sie etwas. Sie flüsterte: »Quiero dormir contigo.«

Als ich es gelehrig nachsprach, schlug sie sich auf den Mund. Der Gärtner sah herüber. Er stellte Liegestühle auf, als gebe es noch andere Gäste. Sein Gehilfe fegte die Platten rings um den Pool. Ich fragte leise, »Want to sleep with me?« und schob das You hinterher. Sie nahm die Hand vom Mund und bewegte die Lippen. Ich las ein Ja davon ab. Dabei behielt ich den Gärtner im Auge. Er schaute jetzt ganz unverhohlen, wie auf Geheiß. Ihr Jawort klimperte in mir, um mich herum war es still. Das Bild – der Innenhof schlief – traf jetzt Momente lang zu. Dann hob ein Lichtreflex meinen Blick. Ein Fenster war geöffnet worden, jemand weißte den Rahmen. Obwohl doch alles abgerissen werden sollte! Ich spannte meine Muskeln an, auch um ihren Fuß noch fester zu umschließen. Wie lange ich bliebe, wollte sie wissen.

Ich summte, daß ich unentschieden sei, und sie bewegte den Fuß. Sie sagte, hier gebe es doch aber nichts als die Bars, die Bars und die Soldaten aus Murdock. Sie sei nur wegen ihres Bruders

hier. Sie sei auch gern in Acatlán. Acatlán liege am Meer ...
Ob es einen Strand habe, fragte ich und umschloß mit einer Hand ihre Fessel. Sie warf den Kopf in den Nacken, sie schwärmte von der Brandung. Es seien Pazifik-Wellen. Ob ich Angst vor solchen Wellen hätte ... Ich zuckte mit den Schultern, sie schlug mir vor, ihr nachzureisen. Wenn ich das wollte ... Es gebe ein Hotel in Acatlán, da könnte sie mich jeden Nachmittag besuchen. Sie könnten dann auch baden gehen. Ich fragte, was mit ihren Eltern sei, ob sie bei ihren Eltern wohne, und sie erzählte mir, der Vater sei gestorben. Sie lebe bei der Mutter. Aber die Mutter habe kein Auge auf sie.
»And your brother?«
Sie schlug ins Wasser, es spritzte hoch auf. Emiliano sei jetzt ihr Vater. Daher brauche er auch nicht alles zu wissen. Der Name des Hotels sei Splendid Meyer. Gegenüber liege das Café Real, dort solle ich warten, am frühen Nachmittag, in zwei Tagen. Ich versicherte ihr, daß sie verrückt sei. Dann schwiegen wir.
Der Gehilfe wechselte auf unsere Seite. Sie zog den Fuß zurück, ich ließ sie los. Ich sah an ihr vorbei. Der frischgestrichene Fensterrahmen glänzte, Leutnant Ritzi fiel mir ein. Wie ich ihn einmal beobachtet hatte, als er seine Maschine bestieg. Kein Wort war da gefallen. Ich war dann

weggewunken worden, ehe er das Triebwerk anließ; seine Handbewegung hatte mich geärgert. Meine Schulter kühlte ab, ich stand inzwischen halb im Schatten. Baby Ophelia schloß die Augen. Doch sie entließ mich damit nicht. Von ihren Brauen, die fast durchgehend waren, ging etwas aus, das einem Blick gleichkam. Und plötzlich sagte ich, na gut, wenn es da Brandung gebe, wenn das Hotel nicht allzu teuer sei, und streckte eine Hand nach ihr – zu spät. Sie hatte sich nach hinten fallen lassen, noch im Fallen gedreht, und trieb nun, einer Toten ähnlich, während ihr Bruder Emiliano wieder aus dem Haus trat.

Das aufgepflügte Wasser beruhigte sich rasch. Auch im tieferen Teil des Beckens schimmerten bald die Kacheln hindurch. Über ihr Kästchenmuster huschten an einer Stelle fortlaufend Schatten. Sie entsprangen einer unsichtbaren Mitte und wurden blitzhaft größer. Der Eindruck einer Spirale entstand. Während der äußerste Ring verflog, wuchsen die nächsten schon nach. Ich suchte die Ursache für dieses Schauspiel. Auf dem nun glatten Wasser tanzte ein Insekt. Rasend drehte es sich um sich selbst, es schien um sein Leben zu kämpfen. Dadurch schuf es winzige, kreiselnde Wellen, die das Sonnenlicht brachen; das rief die Schattenstafette hervor. Sie wurde immer schneller, und mich ergriff ein Stillstand. Ich konnte nichts denken, ich schaute nur hin. Es war die

Trägheit meiner Augen. Ich verlor mich ganz in der kleinen Erscheinung, bis sie sich dann selbst verlor: im Schatten von Baby Ophelia.
Sie ließ sich immer noch treiben. Wie ein Pflanzenteppich erschien mir ihr Haar, auch wie ein schwimmender Flor. In ihrem Kielwasser ertrank das Insekt. Kurz vor der Spitze des Sprungbretts holte sie Luft. Es war ein Sprungbrett, das man nicht betreten durfte. Eine Schnur, die über die unterste Stufe des Treppchens gespannt war, wies darauf hin. Ihr Bruder überschritt sie, ohne auf seine Füße zu achten. Er ging bis an den Rand des Brettes. Er trug jetzt halbhohe Stiefel und unter dem Anzug ein Hemd. Ich guckte über die Schulter zu ihm, so an mich selbst geschmiegt, daß ich meine Bartstoppeln spürte. Das gab mir Sicherheit. Er lächelte mich an. Es war ein vollkommenes Lächeln, es war wie ein Wappen. Ich stand ganz tatenlos im Wasser, und er betrachtete mich.
Ob etwas sei mit mir, fragte er.
Ich sagte Nein, und er nickte. Ein paar Sekunden verstrichen, er begann etwas zu wippen; ein warmer Wind kam auf. Sein Lächeln verschwand. Er sagte, aber ausgesehen habe es so. Danach verstrich noch etwas Zeit, bis ich ihn fragte:
»Still waiting for the architects?«
Er faltete die Hände, dann streckte er mit einem Ruck die Arme aus. Dadurch krachten seine Fin-

gergelenke. Anschließend war es sofort wieder still. Ich dachte an ein weißes Tuch, so glatt wie das Wasser. Während ich daran dachte, sagte er einige Worte zu ihr, ohne die Stimme zu senken, als wiege jedes Wort gleich schwer, wandte sich nach dem letzten Wort um und ging wieder zurück. Ich stieß mich ab und kraulte zu der schmalen Leiter. Als ich sie erreichte, stand Baby Ophelia schon auf der obersten Sprosse. Ich öffnete den Mund und fing den langen Tropfenschwall, der von ihr abfiel, ein. Und sie griff hinter sich, bis sie mein Gesicht berührte, so leicht und so bestimmt, daß mir heilige Handlungen einfielen. Dann nahm sie den gleichen Weg wie ihr Bruder. Sie hielt den Kopf etwas gebeugt und die Arme erhoben, beide Hände in der Schleppe ihres Haares. Sie schaufelte es wieder aus dem Kreuz. Ein heller Nacken war das letzte, was ich von ihr sah.

Kurz darauf ging auch der Gärtner; sein Gehilfe war schon fort. Der warme Wind trieb Blätter von dem Kehrichthaufen, den er zurückgelassen hatte. Der Rechen steckte mit dem Stiel darin, auf seinem Zinkenschweif lag noch Sonne. Ich war jetzt allein in dem Hof, in einem Block aus Abendlicht. Ich nahm die drei Sprossen auf einmal, je eine Hand auf einem der Geländerbügel, drückte mich dann hoch, fast wie in einem Barren, und brachte die Beine in eine Neunzig-

Grad-Stellung zum übrigen Körper. So hatte ich früher gegen die Tränen gekämpft.

2

Ich aß dann bald zu Abend. Ich aß recht hastig, weil es nicht schön war, alleine zu essen. Anschließend fuhr ich mit einem Taxi ins Zentrum. Die ganze Tageshitze hing noch in der Luft. Ich ging die Avenida Socorro hinunter, auf die Grenzstation zu. Vor allen Seitenstraßen ließ ich mir Zeit und schaute – es waren mehr staubige Wege, meist ohne Gehsteig. Rechts und links gab es eingeschossige Häuser, sie lagen im Dunkeln; rote Hinweislämpchen über einigen Türen erschienen mir wie Ausrufezeichen. Ich bog ab und lief etwas schneller. Schon von weitem las ich Mamacita. Ich blieb einen Augenblick stehen. Dann schlenderte ich hin, die Hände in den Taschen.

Es war ein schmuckloses Haus, aus dem ein Stampfen drang. In der Türöffnung wehte ein Vorhang. Jemand rief Zunge, der Rest des Satzes ging im Stampfen unter. Ich drückte den Vorhang beiseite und tat einen Schritt. Ein Kellner winkte mir zu, ich sah an ihm vorbei. Ich war in einem Raum, durch den ein Laufsteg führte. Der Steg war von Tischen gesäumt. An den Tischen saßen Soldaten, einige hatten Mädchen im Arm. Die Mädchen machten einen erschwinglichen Eindruck. Sie waren älter als die Soldaten und streichelten deren Köpfe. Die Jungs waren Amerikaner und Deutsche, die Deutschen hatten den etwas längeren Haarschnitt. Einen kannte ich vom Sehen, er bewohnte das Apartment neben Ritzi; ich hatte mir sogar seinen Namen gemerkt. Er hieß Offderheide. Der Kellner wies mir einen Platz an, jetzt sah ich erst den ganzen Steg. Am Ende hockte eine Frau. Ihr Haar fiel wie das Haar von Baby Ophelia, über Schultern und Rücken. Sie hielt ihre Beine geöffnet, und der Soldat, der vor ihr saß, spähte; wie erstarrt spähte er in sie hinein. Sein Blick stieß mich ab. Genauso hatten die Kollegen in die kohlschwarzen Düsen der Bomber gestarrt, was heißt Kollegen. Ritzis Nachbar ging zur Bar. Die Frau griff den Kopf des Soldaten und zog ihn heran. Das Gestampfe setzte wieder ein. Viele trugen Stiefel.

Ich wechselte zur Theke. Hinter dem Tresen stand ein Weib mit Bernhardineraugen und Kautaschen, wahrscheinlich die Wirtin. Ich bestellte ein Bier, Offderheide sah mich an. Er hatte noch Pikkel, aber schon eine Stirnglatze. Ich fragte ihn, ob er mich wiedererkenne, und er knöpfte sein Hemd zu. »Der Mann, der über Ritzi schreibt, stimmts?« Ich trank und nickte. Die Flasche war nicht groß, ich leerte sie in einem Zug. Als ich sie abstellte, fragte mich Offderheide, ob ich Lust hätte, mit ihm zu kommen. Er zeige mir was.

Ich zahlte, und wir gingen hinaus. Die warmen Windstöße wirbelten jetzt wieder den feinen Sand durch die Luft, wir hielten unsere Arme vors Gesicht. Die roten Lämpchen wurden weniger. Ich wußte nicht, weshalb ich mitging. Offderheide verfluchte den Sand. Dann wollte er wissen, warum ich ausgerechnet über Ritzi schriebe, und ich erklärte es ihm. Als ich fertig war damit, blieb er stehen. Er pochte an ein Fenster. Es hörte sich an wie ein Zeichen, und ich machte mir Vorhaltungen, daß ich so unbekümmert mitgegangen war. Er schien auf Antwort zu warten, ich dachte an Marlies. Stieße mir jetzt etwas zu, würde sie es vielleicht gar nicht erfahren. »Schade«, sagte Offderheide. »Noch keiner da. Noch zu früh.«
Wir machten kehrt. Auf dem Rückweg fragte er mich plötzlich: »Wissen Sie, daß Ritzi nach dem Lehrgang nicht heimfliegt? Er will sich Amerika anschauen.«
Wind und Sand nahmen zu. Daß Ritzi hier bleiben wollte, war mir ganz neu. Wir kamen auf die Avenida Socorro zurück, wir liefen auf die Grenze zu. Pappbecher wurden über den Boden geweht, auch trockene Äste. Weshalb denn ich noch da geblieben sei, rief Offderheide in das Brausen. Er hatte es jetzt eilig, ich versuchte Schritt zu halten. Um hier zu schreiben, sagte ich ihm, und erwähnte das Hotel und den Pool und erzählte auf einmal von Baby Ophelia. Ich er-

zählte ihm die ganze Geschichte, ich ließ auch Acatlán nicht aus und das Hotel Splendid Meyer. Ich redete nur so drauflos, und Offderheide schüttelte bloß seinen Kopf.
Ein Taxi fuhr vorüber, er pfiff durch die Finger. Der Fahrer drehte, und ich bat darum, Ritzi zu grüßen; ich sei schon mitten in der Arbeit. Offderheide versprach es und stieg in den Wagen, es ging alles recht schnell. Ich winkte ihm nach, mir fiel etwas ein. Ich rief, »Moment noch, was wollten Sie mir zeigen vorhin?« und er beugte sich aus dem Fenster. Was Schönes, hörte ich ihn rufen, vielleicht sei ja jetzt jemand da! Dann verschwand das Taxi auf der Brücke, die so gekrümmt war wie ein Katzenbuckel.
Natürlich lief ich zurück; in Gedanken machte ich mich lustig über meine Angst. Was Schönes konnte alles sein, ich sah schon meinen Sonderbeitrag in der Wochenendbeilage. Ja, ich stellte mir sogar die Leser schon vor. Es waren Lehrer, die in ihren Wohnstuben saßen, kaum älter als ich. Sie trugen kurzgeschnittene Bärte und Hosen aus Feincord. Einen wählte ich mir als Begleiter. Er aß im Gehen ein Joghurt. Ich sagte zu ihm, »Jetzt können Sie mal was erleben«, und lief dann vornweg. Ich hatte mir die Hausnummer gemerkt und hielt danach Ausschau. Sie war mit roter Farbe an die Wand gemalt; ich sah sie trotz der Dunkelheit, ich flüsterte, »Nur Ruhe ...«

Hinter dem Fenster, an das Offderheide gepocht hatte, brannte nun Licht. Ich wiederholte sein Zeichen.
Nichts geschah, ich nahm mir vor, zu sagen, ich sei auf Empfehlung gekommen. Recomendacion fiel mir ein, von recomendare; ich hatte ja Latein gehabt, um Apotheker zu werden. Die Tür sprang auf, und ich erkannte eine Frau. Sie war so groß wie ich und kräftig geschminkt. Der Belag glich einer Gummimaske. Nur ihre Lippen hatten etwas Echtes. Sie waren voll und hell und geriffelt, sie erinnerten an einen Mandarinenschnitz. Die Frau sagte, »Hallo«, und ich wich ihrem Blick aus. Es war ein Mann. »Wie geht's?« fragte er, und ich bestellte einen Gruß von Offderheide. Dann wandte ich mich um und ging. Ich zwang mich, langsam zu gehen. Der Wind hatte sich etwas gelegt, ich vernahm seine Schritte. Er rief, er habe Zeit für mich, was ich verlangte, würde er tun, und ich verneinte mit den Händen. Ich fing an zu laufen; er hatte Deutsch gesprochen, ohne Akzent. Seine Schritte wurden leiser, ich trieb den Feincordlehrer vor mir her. Er ließ das Joghurt fallen, ich scheuchte ihn davon.
Aufgekratzt, wie ich war, erreichte ich das Hotel. Ich holte mein Notizbuch und ging in die Bar. In der Bar war nichts los. Der Mixer sah auf ein Fernsehgerät. Es stand auf einem Schemel und lief ohne Ton. In der einzigen Sitzecke saßen drei

Männer, einer mit dem Rücken zu mir. Ich lehnte mich an die Theke, ich sagte, Bier, aber eiskalt. Im Fernsehen lief ein Quiz; die Quizmaster sind überall gleich. Sie gleichen meinem Vater. Erst als Werbung kam, schlug ich das Buch auf. In Druckschrift schrieb ich »Gliederung« und unterstrich es. Ich unterstrich es immer wieder, bis ich es durchstrich. In meinen Porträts hatte ich ja nur ältere Leute beschrieben bisher. Da hatten die Lebensstationen schon eine Spalte ergeben. Der Barmixer schob mir das Bier hin, sein Blick ging über meine Schulter. Ich drehte mich um. Die drei Männer sahen jetzt her. Der, der abgewandt gesessen hatte, war Emiliano. Er rief dem Mixer etwas zu; ich schien gar nicht da zu sein. Die beiden anderen Männer waren wohl die Architekten. Sie wirkten ziemlich schwindelfrei. Der Bruder summte eine Melodie. Es klang nicht danach, doch ich mußte an Hänschenklein denken. Ich leerte mein Glas. Im Weggehen grüßte ich ihn, und er hob einen Finger.

Ich ging gleich zu Bett. Aus dem Innenhof kamen Geräusche. Es war, als schleiche ein Tier durch die Büsche. Ich lag hoffnungslos wach, meine Finger strichen über den Kissenbezug. Ich dachte an Baby Ophelia. Ich dachte daran, wie sie verrückt nach mir würde. Marlies hatte immer nur gesagt, ich sei ihr wichtig. Baby Ophelia gäbe sich hin. Vormittags zu schreiben, stellte ich mir vor, und sie am Nachmittag zu lieben, ab übermorgen schon. Ganz benommen war ich auf einmal von dem Gedanken an sie – wie ihre Haarflut mich bedeckte, wie unsere Zähne aneinanderstießen. Ich würde morgen dann den Nachtbus nehmen. So käme ich auch ausgeschlafen an.

3

Es fuhr tatsächlich ein Nachtbus. Ich saß am Fenster, eine Schläfe an der Scheibe, um die Schwingungen des Glases zu spüren. Draußen verschloß sich der Himmel. Es ging durch eine dürre, flache Gegend. Weit im Hintergrund lag ein Höhenzug vor dem schwindenden Licht. Die Busfahrt, hatte es geheißen, dauere achtzehn Stunden. Von mir aus hätte sie auch zwanzig dauern können. Es war ein schöner Gedanken: achtzehn Stunden lang vorwärts zu kommen. Ich döste nur, und manchmal schrieb ich mir ein Stichwort auf; so kam ich auch da noch voran. Tief in der Nacht, in Guaymas, wechselte der Fahrer. Ich bedauerte das etwas, ich hatte mich an seinen Hinterkopf gewöhnt. Es ging dann kurz am Meer entlang, und auf einmal war ich glücklich. Später döste ich wieder, fast an der Schulter des Nachbarn, der schlief; ab und zu berührte ich ihn, wie aus Versehen.

Als es tagte, fuhr der Bus durch Regenwald. Die Sonne stieg recht schnell. Meine Augenlider brannten, mir dörrte der Mund aus. In der kurzen Frühstückspause löschte ich nur meinen Durst. An der Haltestelle gab es Tausende von Fliegen. Daß ja niemand mehr wußte, wo ich war, fiel mir ein. Es war, als sei ich aus der Welt;

die Hitze, die immer drückender wurde, empfand ich als mein Verdienst. Am späten Vormittag erreichte der Bus Acatlán; ich hatte keinen Blick für die Stadt. Der Busbahnhof schien im Zentrum zu liegen. Ich stieg gleich in ein Taxi um und ließ mich zum Hotel fahren. Das Splendid Meyer war ein mehrstöckiger Bau mit Portal, über dem Vordach prangte der Name. Es war ein heruntergewirtschaftetes Haus, das sah man. Ich mietete ein Zimmer und erfrischte mich. Das Zimmer war geräumig, jedoch ohne Brause; es war das einzige freie gewesen. Oberhalb des Doppelbettes hing ein Ventilator von der Decke. Es war ein neues Gerät mit einem ansprechenden Kunststoffgehäuse, und ich war eigentlich froh, daß es kaum Ähnlichkeit hatte mit den Ventilatoren, die man in alten Filmen oft sieht; ich in diesem Zimmer, das war kein schiefes Bild. Die Fenster lagen zur Straße, auf der anderen Seite war das bewußte Café. Die Tische standen halb auf dem Gehsteig, halb unter Arkaden. Auf jede der Säulen war ein Buchstabe gemalt – Café Real. Kurz nach zwei setzte ich mich an einen der sonnenbeschienenen Tische und schaute auf das Hinundher der Passanten.

Ich achtete auf alle Frauen. Ab und zu sah ich zum Himmel, um einen gleichgültigen Eindruck zu machen, oder blätterte in meinen Notizen. Als letztes hatte ich mir aufgeschrieben: »Erwähnen,

daß ich selbst nie Soldat war, evtl. begründen.« Während ich den Satz unterstrich, erklang schräg hinter mir mein Name. Ich überlegte, wie ich aussah im Moment. Wahrscheinlich war ich etwas rot im Gesicht von der Sonne. Ich biß die Zähne zusammen und fuhr herum.
Baby Ophelia machte mich nach. So schauten wir beide verkniffen, bis sie zu lachen begann. Ein Kellner kam an den Tisch, ich stand auf. Sie hakte sich bei mir ein, es ergab sich, daß wir Schritte machten. Wir gingen ein Stück, wir flanierten beinahe. Da, wo ihr nackter Arm auf meinem lag, entstand alsbald ein Gleitfilm. Außerdem spürte ich ihre Hüfte beim Gehen. Weil sie schwieg, schwieg ich auch. Es war klar, daß sie sich freute, aber ich hätte es gerne gehört. Wir gingen über die Straße. Sie hatte die Richtung bestimmt, mit einem schwachen Druck ihres Armes; ich achtete indessen auf den Verkehr. Dabei bemühte ich mich, ihren raschen, kurzen Schritt zu übernehmen, damit wir einvernehmlich abbögen, um zum Hotel zu gelangen. Doch als der Punkt gekommen war, schwenkte ich etwas früher, und unsere Köpfe stießen fast aneinander. In diesem Augenblick fragte sie, ob ich auch alles von ihr wolle, worauf ich ihr die Wangen küßte. Dann ging es wieder wortlos weiter.
Kaum waren wir im Zimmer, schlang sie die Arme um meinen Nacken und zog sich empor.

Der Schweiß brach mir aus. Ich sagte, »Mann, bist du schwer«, und sie flüsterte, ich könne ruhig Deutsch mit ihr sprechen. Was sie verstehen wolle, verstehe sie auch. Sie verstehe mit den Augen. Ich küßte sie wieder und schleppte sie dann bis zum Bett. Dort löste ich mich von ihr. Sie begann sich auszuziehen, ohne jede Anspielung. Es geschah auf eine schon vernünftige Weise: sie machte sich bettfertig; ich kam mir müßig vor dabei. Ich trat auf sie zu und wog ihre Brüste. Baby Ophelia nahm meine Hände und drückte sie kurz. Danach lief sie zum Waschbecken und wusch sich. Sie verwendete [illegible] innere der beiden Handtücher als Was[illegible]. Ich wandte mich um, ich schlüpfte a[illegible] Kleidern. Das Wasser wurde abgestellt, [illegible] an mir herab. Meine Zehen waren krum[illegible]chnäbel. Doch wer hat schon schöne Füße. Sie kam zurück zum Bett, das Näpfchen mit dem Sonnenöl in der Hand. Sie sagte, vielleicht bräuchten wir das, und mein Gefühl des Müßigseins hörte auf.

Ich wählte einen Umweg zur Waschbeckenecke, um meine eigene Wascherei dadurch herunterzuspielen. Als ich angelangt war, sah ich sie im Spiegel. Sie lag auf dem Bauch. Ich stellte mich dicht an das Becken und drehte beide Hähne auf. So konnte ich auch unauffällig Wasser lassen. Der Strahl war gespalten. Mein Blick ging hin und her. Ich sah ihre Kniekehlen, zweimal den Buch-

staben H und wie in Milch getaucht, und wurde so erregt, daß ich mich ablenken mußte. Ich versuchte an meine Arbeit zu denken, mir fiel ein Titel ein. Digitale Romantik oder so ähnlich. Danach ging ich zu ihr.
Sie hatte sich ihr Haar wieder aus dem Nacken geschaufelt und lag mit vorgebeugtem Kopf da, die Stirn tief im Kissen. Ich setzte mich rittlings auf ihre Fesseln und fing an, ihr den Rücken zu streicheln. Im allgemeinen mögen es ja Frauen, wenn man nicht gleich die empfindlichsten Stellen berührt. Aber Baby Ophelia saugte schon zischend die Luft ein, und das beeinflußte mich. Ich glitt nun zügig nach unten. Ich schob ihr eine Hand zwischen die glänzenden Backen und suchte mir den Weg in ihren Körper, sie bäumte sich etwas. Ich suchte die Enge, das Öl ließ ich stehen, sie murmelte ins Kissen. Ich bestattete meinen Finger in ihr, sie murmelte, daß es schön sei und nur ein Anfang. Es nahm dann seinen Lauf.
Anschließend weinte sie, das kannte ich auch. Sie gab diese salzigen Küsse, die mir vertraut waren; mal hatte Marlies aus Verzweiflung, mal hatte sie vor Glück geweint, und stets mit dem gleichen Ringen nach Luft und kleinen Schüttelkrämpfen, so daß es oft zu Fehleinschätzungen gekommen war. Baby Ophelia schien glücklich zu sein. Wir lagen noch in der Umarmung. Ich fragte, wann

sie denn daheim sein müsse, sie sagte, gegen sechs. Dann lösten wir uns voneinander, bis jeder ganz für sich lag.

Dem Licht nach mußte es schon fünf sein; alles, was ich aufnahm, hatte den gleichen Ton, und ich wußte plötzlich, daß es sich genauso wiederholen würde. Ich roch an ihr. Ihr Haar roch wie ein Fell. Ich sah sie an. Ihr Gesicht, von nahem besehen, war fremd; natürlich war es auch schön. Es war vollkommen klar. Das empfand ich und begann auf einmal, meine schlechten Eigenschaften aufzuzählen, ich dachte mir sogar noch welche aus. Aber sie nahm mich nicht ernst. Sie küßte meine Augendeckel, sie sagte mir, ich sei so anders. Da verließ ich das Bett.

Ich wollte mir die Finger waschen. Doch aus den Hähnen floß kein Wasser mehr. Es kamen nur Tropfen aus der Leitung heraus, dazu ein Knurren und Pfeifen. Während ich die Tropfen auffing, erkundigte sie sich, für welche Zeitung ich schriebe. Sie kenne ja die deutschen Zeitungen etwas, von der Aufmachung her. Ob ich für die Frankfurter Allgemeine Zeitung arbeiten würde ... Jetzt versiegten auch die Tropfen, meine Finger waren kaum benetzt. Auf den Kuppen war ein mehliger Belag, er roch nach ihrer milden Säure. »Sometimes«, behauptete ich und drehte mich um. Sie saß im Bett und kämmte sich, der Ventilator lief. Ich fragte, ob sie ihn angestellt habe, und sie sagte, vorhin schon. Ich ging bis zum Bettrand, ich spürte, wie der Wind den Schweiß auf meiner Brust erkalten ließ. Baby Ophelia stand auf, ich legte mich noch einmal nieder. Ich genoß den Zug von oben, dabei fror ich ein bißchen. Es war ein leichtes Unwohlsein, eine Verspannung der Haut; ich schob es auf die Nachtfahrt, die hinter mir lag.

Ebenso zügig, wie sie sich ausgezogen hatte, zog sie sich wieder an. Sie trug ein weißes Leinenkleid mit einem breiten, roten Gürtel. Nachdem sie ihn geschlossen hatte, klappte sie ihr Schminkkästchen auf. Sie holte die Wimpernzange heraus und setzte sie an, ich schloß meine Augen. Von der Straße drangen Stimmen zu mir, sie klangen überraschend deutlich. Trotzdem war es still im Zimmer. In diese etwas fiebrige Stille fragte ich, was wohl geschähe, wenn jetzt ihr Bruder zur Tür hereinkäme. Sie schwieg, ich schlug die Augen wieder auf. Ohne einen Spiegel zu benützen, schloß sie die Zange. Es war ein schneller Eingriff; als er beendet war, sah sie mich an. Er würde gar nichts sagen.

Ich wollte wissen, was das hieße, und sie hob einen Finger, in der Art wie Emiliano. Dann sagte sie, ich dächte zu viel nach. Morgen sehe sie mich wieder, das sei das Wichtigste. Und am Sonntag könnten wir zum Baden fahren, dann zeige sie mir, wie man durch die Wellen tauche. Es sei nicht so schwer. Man brauche nur etwas Mut. Aber den hätte ich ja. Oder nicht? Ich nickte, und sie kam zu mir gelaufen. Sie bot mir den Mund. Ich küßte sie, behielt aber die Zunge für mich, und Baby Ophelia ging auf diese Zurückhaltung ein. Sie ließ nur ihre Lippen spielen, wodurch der Kuß viel inniger wurde, als es mir lieb war. Ich drückte sie von mir; zur Entschädigung flüsterte ich, daß ich sie liebe, und Baby Ophelia gab es zurück, was mich wiederum freute. Mit einer kleinen, eckigen Verbeugung nahm sie Abschied. Nachdem sie sich umgewandt hatte, sagte sie noch, morgen um drei, Café Real, und lief dann zur Tür. Meine Augen hingen bis zuletzt an ihren Kniekehlen.

Es war nun fast dunkel, und das Stimmengewirr von der Straße klang jetzt berückend nahe für mich. Ich zog mir das Laken über die Brust, ich horchte. Jemand rief dauernd: »Atia! Atia!« Manchmal schrie auch ein Kind. Ansonsten war es ruhig, bis auf das Ventilatorsummen. Ich war dann wohl kurz eingeschlafen; ein scharfer Knall riß mich aus meiner Nacht. Es knatterte ein paarmal, danach schoß Wasser aus den Hähnen. Ich eilte hin, ich drehte sie klein. Ich trank eine Handvoll. Das Wasser schmeckte etwas erdig, das Schlucken tat mir etwas weh. Es war kein richtiger Schmerz, eher eine Mahnung vom Hals her. Ich legte mich wieder und dachte an Ritzi. Seit seiner Kindheit sei er nicht mehr krank gewesen, hatte er erzählt; ich hatte nicht danach gefragt.

4

Tags darauf saß ich um neun Uhr beim Frühstück. Meine Schluckbeschwerden hatten sich noch nicht gebessert, im Gegenteil. Aufgestanden war ich eigentlich nur, um mich durch das Liegenbleiben nicht für krank zu erklären. Ich frühstückte im Freien, unter den Arkaden des Real Cafés, und beobachtete nebenbei die Menschen um mich herum. Schon immer hatte ich den Leuten gern beim Leben zugesehen. Ich hatte mich dann oft gefragt, was mich von ihnen unterschied, und war so in Kontakt geblieben mit mir; meine Porträts waren auch ein Weg, um mich von Zeit zu Zeit ins Spiel zu bringen. Heimlich verglich ich mich dabei, in den meisten Fällen schnitt ich passabel ab. Und brachte es mir einmal Kummer, redete ich mir einfach gut zu. So ging es im großen und ganzen, so ging es seit Jahren. Ich schob das Frühstücksgeschirr beiseite ich klappte mein Notizbuch auf.

Etwa um die Mittagszeit war das Porträt in großen Zügen fertig. Es füllte zwölfeinhalb Seiten in meinem Buch; zwei Seiten meiner Handschrift entsprachen einer Schreibmaschinenseite, was wiederum einer dreiviertel Spalte in der Wochenendbeilage der Breisgau Zeitung entsprach. Das hatte ich alles genau im Gefühl. Denn länger als vier Schreibmaschinenseiten durfte Das Porträt der Woche nicht werden, außer es war jemand gestorben und Herr Übelacker schrieb selbst; dann hieß es Der Nachruf der Woche. Natürlich war die erste Fassung immer umfangreicher, dadurch konnte ich später dann feilen. Mein Vorgehen war ja stets das gleiche: Sichtung der Gesprächsnotizen, Titelfindung und Sammeln von Einfällen, Gliederung des Ganzen. Ich ließ mir eine Cola bringen, ich überflog meine Arbeit. Es gab noch Längen, es fehlte noch eine Pointe; im Mittelpunkt stand mein Simulatorerlebnis. Ritzi hatte mir alle Funktionen erklärt. Ich unterstrich ein paar Sätze. Danach stand ich auf.

Ich ging durch die Tischreihen, unbesetzte Tische spielerisch berührend, und kam in einen hohen, etwas düsteren Raum, an den Wänden hingen alte Spiegel. Ich öffnete die Tür für Cabaleros, ich trat in ein großes, stilles Pissoir. Vor jedem der Bekken war eine Stufe, ich mußte an Altäre denken. Und noch während ich daran dachte, trat aus einer Nische seitlich der Tür ein vierzehn- oder fünfzehnjähriger Junge. Er trug ein weißes Hemd und eine schwarze Fliege. Offenbar gehörte er zu dem Abort, denn er holte aus seiner Hose ein verpacktes Stück Seife, wickelte es aus und legte es auf den Waschbeckenrand. Dabei sah er mich aus seinen Augenwinkeln an, und ich trat auf eine der Stufen.

Ich stellte mich etwas breitbeinig hin, ich gab mich so zwanglos wie möglich. In meiner Kopfhöhe verlief eine durchgehende Reihe von spiegelnden Kacheln, dadurch konnte ich nach hinten sehen. Ich sah auf den Jungen. Zwischen seinen Augen stand eine ernste Falte. Seine Lippen erinnerten mich an die Lippen der unechten Frau. Sie waren genauso blaß und voll. Seine Nase war gerade und breit; es war eine männliche Nase in einem weichen Gesicht. Er bemerkte meinen Blick, ich sah sofort zu Boden. Ich versuchte mich zu sammeln. Daher erschrak ich etwas, als der Junge von hinten meine Hose berührte. Dann fiel mir ein, daß an dieser Stelle ein häßlicher Fleck war; ich spürte, wie er ihn zu entfernen begann.
Er strich mit bloßen Fingern eine Paste auf den Fleck, danach trat er zurück. Ich sah, wie er die Tube mit der Paste in einen Holzkasten legte und dem Kasten eine Bürste entnahm. Wieder versuchte ich mich zu konzentrieren, wieder ohne Erfolg. Die Situation war beschämend. Sie schlug mir auf mein ganzes Befinden. Das Schlucken tat jetzt richtig weh, die Ohren fühlten sich verstopft an, und der Gang zwischen Rachen und Nase war spürbar, was ja doch nie ein gutes Zeichen ist. Der Junge bückte sich und bürstete die staubbesetzten Enden meiner Hose ab. Anschließend bürstete er die getrocknete Paste vom Stoff, es

war sehr angenehm am Bein. Ich schloß meine Knöpfe und wandte mich um. Ich trat von der Stufe.

Ich fragte ihn, wieviel es koste, er sagte lächelnd: »Up to you.« Darauf suchte ich in meinen Taschen nach Münzen; ich wollte ihn reichlich entlohnen, auch um gegen meinen Charakter zu handeln. Erst als ich drei Fünfpesostücke hatte, streckte ich die volle Hand nach vorne und ließ ihn das Geld aus der Handschale sammeln. Er bedankte sich durch ein Verkleinern der Lippen, er legte mir mit einer Geste nahe, mich doch der Seife zu bedienen. Aber ich war schon im Gehen begriffen, und es gab kein Zurück mehr, am peinlichsten wäre ein Zögern gewesen. Der Junge brach die Geste ab. Er verschwand in seiner Niederlassung, ich kehrte wieder nach draußen. Mein Platz lag jetzt halb in der Sonne.

Die grellen Strahlen plagten mich schon bald. Doch ich dachte mir, sie könnten vielleicht meine Erkältung aufhalten, und blieb, wo ich war. Ich verlangte ein Omelett und noch eine Cola. Der große Ernst des Jungen beschäftigte mich. Seine Arbeit war ihm wichtig gewesen. Ich besah meine Hose. Der Fleck war verschwunden. Ich überlegte kurz, auf welchen Kleidungsstücken ich noch Flecken hatte. Der Ober brachte die Bestellung, ich zahlte sofort. Und noch während ich aß, hielt ich schon Ausschau nach ihr. Ich entdeckte sie dann im Strom der Passanten, ich sah ihr weißes Kleid mit dem Gürtel. Es war fünf vor drei, und wir gingen gleich ins Hotel.

Wir redeten kaum. Wir zogen uns aus und warfen uns auf das glattgestrichene Bettuch. Ich schob eine Hand in ihr Haar, es war so warm wie ein wollener Handschuh. Diese Wärme und die Kühle des Lakens bildeten einen Kreis des Behagens, ich wollte nur so liegen bleiben. Doch Baby Ophelia spielte an mir. Sie spielte solange an mir, bis ich nachgab. Ich begann sie zu streicheln; ich liebte sie mit einiger Geduld. Sie fing dann leise an zu stammeln. Es waren Halbsätze und Laute, dazwischen kam auch mein Name. Das hatte ich seit langem nicht erlebt, ich wurde überschwenglich. Ich sagte ihr, wie schön es gerade sei, ich schilderte ihr meine Erregung, ich wiederholte mich sogar, und sie stammelte weiter; wir redeten wild durcheinander. Das endete in einem gemeinsamen Zetern, danach ließ ich mich neben sie fallen, und die Eintönigkeit stellte sich ein. Bald hatte ich Ohren für den dünnen Gesang der Mosquitos.

Um zehn vor sechs schnappte ihr Schminkkästchen zu. Ich mochte dieses Geräusch nicht besonders. Meine Mutter hatte eine Ausgehhandtasche besessen, die mit dem gleichen Geräusch zugeschnappt war; es war das Zeichen ihres Fortgehens gewesen. Baby Ophelia nahm meine

Hand. Ich sagte ihr, ich hätte Halsweh – ob sie auch wiederkäme, wenn ich hustete ... Sie beugte sich über mich, ihr Haar fiel herab. Es bildete einen Schacht, an dessen Ende ihr Gesicht erschien. Sie nickte nur, und ich spürte, daß da ein schöner Augenblick verging. Danach verschwand sie, so wie am Vortag, beinahe lautlos.

Ich benützte die Etagendusche, das heiße Wasser tat mir gut. Mit dem Notizbuch in der Hand begab ich mich später ins Hotelrestaurant. Ich aß ein Steak und trank Bier. Das Bier war eiskalt, so wie ich es liebte; das Steak war blutig und hatte eine gelbliche Schwarte. Es war natürlich nicht mit den Steaks zu vergleichen, die man in Arizona bekommt. An unserem letzten Abend war ich mit Ritzi auf einer Steak-Ranch gewesen, etwas außerhalb von Murdock. Ritzi war dort gut bekannt, die Leute grüßten ihn mit vollem Nanen; er war wohl so ein Typ, bei dem man nicht auf die Idee kam, den Eigennamen einfach abzukürzen. Ich langte nach meinem Notizbuch und notierte mir diesen Gedanken. Als ich wieder aufsah, fiel mein Blick durch die offene Speisesaaltür ins Foyer. Er fiel genau auf Ritzi, der einen Matchsack in der Hand hielt. Er trug ein kurzes Hemd mit Schlips. Er stand da und rauchte.

5

Ritzi hatte nie in meiner Gegenwart geraucht. Doch es widersprach ihm nicht, fand ich; und es entspannte die Situation. Ohne die Zigarette in seinem Mund wäre ich wahrscheinlich viel verwirrter gewesen. So war er mir zwar nachgereist, aber als Raucher; als Zivilist, der nur seine Gesundheit gefährdet, nicht als Kampfpilot, der gleich sein Leben aufs Spiel setzt. Dazu kam der Schlips. Er war mir wohl in einer Laune nachgereist, so wie ich Baby Ophelia ohne zu überlegen gefolgt war. Offderheide hatte ihm alles erzählt; die Umstände, die ihn hergeführt hatten, waren also einfach gewesen.
Als er mich kommen sah, warf er kurz den Kopf in den Nacken. Es war dieselbe Art, in der mich früher ein Mitschüler gegrüßt hatte, der auf der anderen Seite der Dorfstraße lief. Ritzi hatte ja ein Stück weit den gleichen Schulweg gehabt, und dieser Weg stand mir auf einmal vor Augen, gerade als ich in die Halle trat. Es war ein Feldweg, vorbei an drei Kruzifixen, von denen eines schon mit Moos bewachsen war. Diesen Christus im Pelz hatte ich immer gebeten, mein Vater möge mich von der Schule abholen; damals hatte er noch keine Apotheke besessen, aber schon einen Opel. Natürlich hatte ich mit Ritzi über diese

Dinge nicht gesprochen, es war schon etwas steif gewesen zwischen uns. Und nun hob er sogar einen Arm zur Begrüßung. Er sagte, »Bist überrascht oder wie«, und ich ging auf das versteckte Geduze nicht ein. Ich gab ihm die Hand, ich erwiderte: »Nur daß Sie rauchen.«

Ritzi schulterte den Matchsack, als wollte er grad wieder gehen; ich fragte ihn, weshalb er die Krawatte trage. Er stieß die Zigarette aus, er sagte: »Weils mir steht.« Daraufhin schwieg ich, meine Augen ruhten auf dem Knoten. Die Krawatte war aus Leder, sie war schwarz. Ritzi zog kräftig Luft durch die Nase und erklärte, er habe hier leider kein Zimmer bekommen. Danach ging er ein paar Schritte, und ich ging nebenher; wir waren etwa gleichgroß. Als er wieder stehen blieb, schlug ich ihm vor, bei mir zu schlafen, da ich ein Doppelzimmer hätte. Er nickte einige Male, was aber auch Nein heißen konnte, und stieß mich mit dem Ellbogen an. Er wies mich auf eine Frau hin, die durch die Eingangstür kam. Sie sah etwas verhurt aus, und ich bemerkte, »Donnerwetter«, obwohl solche Kommentare nicht meinem Wesen entsprachen. Dann lief Ritzi zum Empfang und legte seinen Paß vor. Nachdem er sich eingetragen hatte, gingen wir wortlos hinauf.

Während ich die Tür aufhielt, sagte ich: »Das ist mein Zimmer«; ich sagte es, als sei es meine Bude. Anschließend knipste ich erst das Deckenlicht an, und Ritzi ging gleich bis zum Bett. Er nahm den Matchsack von der Schulter und stellte ihn auf dem Fußende ab; es wäre mir lieber gewesen, er hätte ihn auf den Boden gestellt. Danach drehte er den Ventilator aus. Ich fragte, »Hat's Ihnen gezogen?«, er antwortete, »Nein, ich wollt's nur probieren.« Er schaltete den Ventilator wieder ein und setzte sich dann auf die Nachttischkante. Er nahm sich eine neue Zigarette und fragte, ob er rauchen dürfe, ich hatte nichts dagegen. Darauf entschuldigte er sich und hielt mir seine Zigarettenschachtel hin. Ich bediente mich, wir rauchten eine Weile. Es fiel kein Ton, bis er meinte, ich sei wohl sehr verwundert, ihn hier zu sehen. »Ein wenig«, sagte ich und wiederholte es in unserem Dialekt; ich sagte: »E' weng ...«

Er blies einen Ring, so wie ihn nur geübte Raucher blasen können, er fragte: »Was macht das Porträt?«

»Es macht sich«, antwortete ich.

»Was heißt das?«

»Ich habe es einmal heruntergeschrieben, jetzt muß ich noch feilen. Ich muß es kürzen.«

»Und was fliegt raus?«

»Alles, was nicht wichtig ist.«

Er blies noch einen Ring und wollte dann wissen, ob ich ihn denn so gut kenne, daß ich schon sagen könne, was wichtig sei an ihm und was nicht. Nach einer Woche.

»Ich glaube nicht . . .«
»Aber unter Umständen, ja.«
»Unter Umständen, ja.«
Er löste die Krawatte und zog sich das Hemd aus, er lief zum Waschbecken und wusch sich unter den Armen. Ich sah auf seinen fettlosen Rücken, ich spielte mit dem Gedanken, das Porträt noch einmal zu schreiben, so, als lernte ich ihn jetzt erst kennen. Und ich spielte damit, es gar nicht erst Herrn Übelacker in die Hände zu geben, sondern etwa an die Stuttgarter Zeitung zu schikken. Ritzi hängte sich das Handtuch um den Hals. Er kam zurück und setzte sich auf das obere Ende des Bettes, mir gegenüber. Er machte es sich bequem, ich schaute ihn an. Unter seinem rechten Auge trat ein gezacktes Äderchen hervor, es war mir gar nicht aufgefallen bisher. Ich sah, wie es pulste; es war der einzige kleine Unruheherd in seinem beherrschten Gesicht. Ich fragte ihn, wann er mal die Fassung verliere.
»Welche Fassung?«
Ich griff zum Notizbuch und schlug es auf, ich notierte seine Gegenfrage; er schien nicht auf eine Antwort zu warten. Nachdem ich das Buch wieder geschlossen hatte, erkundigte ich mich, weshalb er in Uniform nie geraucht habe, und wo er sich nun verstelle, in Murdock oder hier. Er zuckte mit den Schultern, ich neigte den Blick. Seine Hände lagen ruhig im Schoß. Ich hoffte, er

würde noch etwas sagen, aber er schwieg. Ich überlegte mir eine weitere Frage. Ich wollte das Schweigen beenden, um es später nicht brechen zu müssen; ich kannte das von Marlies. Ritzi rauchte sehr langsam. Ebenso langsam entfernte er ab und zu einen Krümel Tabak von seinen Lippen. Während so einer gemessenen Handbewegung zum Mund wandte ich mich wieder an ihn.
»Wenn Sie von sich selbst eine Vermißtenanzeige aufgeben sollten, wie würden Sie sich dann der Polizei beschreiben?«
»Ruhiger Mensch. Konzentriert . . .«
»Keine Charakterisierungen«, unterbrach ich. »Nur was man sehen kann – das Oberflächliche . . .«
Er stieß die Zigarette aus. »Einsachtundsiebzig groß«, begann er, »vierundsiebzig Kilo. Dunkle Haare. Graublaue Augen. Gerade Haltung. Dichte Brauen. Nervöse Ader unterm rechten Auge. Etwas schiefe Nase. Fester Mund. Kurze, breite Daumen. Sportlerbeine. Gerade Haltung. Blinddarmnarbe, Adamsapfel. Zwanzig graue Haare. Keine Sommersprossen.«
Ich schrieb mir die letzten Worte noch auf, dann sagte ich: »Gerade Haltung kam zweimal, nervöse Ader war eine Wertung.« Ritzi faltete die Hände und legte sie auf seinen Kopf. Er sagte, »Das kann schon sein«, worauf ich ihm vorschlug, daß wir uns endgültig duzten. Er erhob

keinen Einwand, ich legte das Buch weg. Ich fragte: »Was erwartet ein Soldat vom Leben, was erwartest du?«
Er antwortete: »Nichts, was soll ich erwarten. Ich weiß nicht, was auf mich zukommt.«
»Auf jeden Soldat kommt ein Krieg zu.«
»Vielleicht ja. Vielleicht aber auch nein.«
»Du bereitest dich darauf vor.«
»Du nicht?« erwiderte er, »Oder möchtest du Kinder?«
Ich sah auf seine Hände. Sie erschienen nur trokken; ich wollte Glück, was sonst. Von der Straße klang das Atia! Atia! herauf. Als das Gerufe leiser wurde, wiederholte ich, was ich Marlies auf diese Frage geantwortet hatte. Daß ich ein Gespenst von Vater wäre. Ritzi schüttelte sachte den Kopf. Dann sagte er: »Es gibt Momente in der Luft . . .«
Ich fiel ihm ins Wort. Ich fuhr ihn an, ich wolle davon jetzt nichts wissen, wir redeten jetzt nicht vom Fliegen. Meine Schärfe überraschte mich, irgendwie gefiel ich mir darin; und um zu beweisen, daß ich so einen Ton jederzeit wieder anschlagen könnte, setzte ich noch hinzu: »Bleib auf der Erde.« Hinter meinen Ohren rann jetzt der Schweiß. Ich sah ihm ins Gesicht. Er begann von einer Trennung zu berichten. Es war ein knapper Bericht. Er nannte nur die Kapitel der Trennung, bis zu dem Punkt, an dem es ungehö-

rig wurde, den anderen noch einfach zu küssen. Ich fragte ihn, was er gewollt habe von dieser Frau, er sagte: »Was mir gefehlt hat.« Dann stand er mit einem Satz auf. Er öffnete ein Fenster, Mosquitos schwirrten herein, ich lief zur Tür und löschte die obere Lampe; danach blieb ich in Türnähe stehen. Von draußen fiel das Licht einer Leuchtschrift ins Zimmer, ich hatte das noch gar nicht bemerkt. Vor allem war es der Buchstabe O, dessen Schein auf dem gekachelten Fußboden lag; die leere Mitte des O wiederholte sich als dunkle Partie auf dem Bett. Ich sah, wie Ritzi sich auszog, bis auf eine helle, kurze Hose. Er fragte mich, wo ich schliefe, links oder rechts. Ich gab ihm zu verstehen, daß er sich die Seite aussuchen könne, und er legte sich auf die Hälfte mit der dunklen Partie. Er knüllte das Kissen, er stopfte es sich in den Nacken. Ich versuchte mich an einen Witz zu erinnern, der von zwei Männern in einem Bett handelte. Es fehlte mir nur ein Schlüsselwort für die Pointe. Und als es mir schon auf der Zunge lag, sagte er: »Jetzt bisch' gespannt, gell.«
Ich widersprach, ich log ihn an.
»Gut. Also nicht gespannt.«
»Aber?«
»Nix.«
Er erschlug einen Mosquito auf seiner Brust. Dann sagte er, ich wolle ja nur einen guten Arti-

kel, ob da nun alles richtig sei drin oder nicht. Ich löste mich von der Wand, ich ging bis zum Fenster. Und während ich meine Kleidung abstreifte, gab ich ihm ausdrücklich recht. Ich entkleidete mich bis auf die Wäsche, anschließend legte ich mich neben ihn. Es war eine Art Prüfung, ihn an meiner Seite zu wissen.

Trotz des offenen Fensters war es im Zimmer recht still. Ich tastete meinen Hals ab. Er erschien mir geschwollen; mich zuzudecken kam nicht in Frage, solange Ritzi noch aufgedeckt lag. Ich lauschte dem Mosquitogesinge. Manchmal klatschte seine Hand an seinen Körper, und er sagte: »Erwischt.« Ich lag auf dem Rücken, den Kopf zu ihm gedreht. Ich sah seinen Brustkorb, seinen flachen Bauch, seine Hose. Der Zeitpunkt, um über die Situation noch irgendein einfaches Wort zu verlieren, war überschritten. Ich hatte den Eindruck, daß es eine Turnhose sei, die er trug. Jungs auf dem Internat, in das ich geschickt worden war, die als Wäsche eine Turnhose trugen, hatten immer etwas unter mir gestanden. Sie waren kräftiger gewesen als ich, hatten eine schwarze Fingernagelstelle gehabt und in Deutsch eine Vier. Aber ich hatte mich dauernd um ihre Freundschaft bemüht.

»Wahrscheinlich kommt mein Artikel in die Stuttgarter«, sagte ich leise. Sein Atemrhythmus wechselte. Er schien eingeschlafen zu sein. Die

Bemerkung war mir über die Lippen gekommen, fast ohne mein Zutun; seit meiner Kindheit war es in mir voll von Geschwätz, was heißt voll; ich bildete dann den Pfropfen darüber. Da ich nicht schläfrig war, hing ich der Bemerkung noch etwas nach. Ich stellte mir vor, wie sich mein Vater wundern würde, einen Beitrag von mir in seiner geschätzten Stuttgarter Zeitung zu lesen. Täglich diese Zeitung zu studieren, obgleich er im Badischen lebte, war der ganze Ausdruck seiner Weltläufigkeit, auch seines Widerspruchsgeistes gegenüber der Heimat; daß wir uns ähnlich waren, hielt ich für möglich. Ritzi drehte sich auf die Seite. Er schlief fast geräuschlos. In der Art, wie er dalag und schlief, glich er einer Frau wie Marlies. Ich tastete nach meinem Notizbuch.

6

Neben Ritzi zu erwachen, war recht einfach: Ich erkannte ihn gleich wieder. Er fuhr durch sein Haar, er sagte: »Guten Morgen.« Ich wiederholte seinen Gruß, mit etwas aufgesetzter Morgenmufflichkeit. Dann ging ich vor die Tür, auf das Etagenklo. Als ich zurückkam, war er schon angezogen. Er fragte, »Gehen wir frühstücken?« und ich schlüpfte in Hose und Hemd, wir gingen hinunter. Während des Frühstücks erzählte ich von Baby Ophelia. Er unterbrach mich nicht, er aß nur. Nachdem ich geendet hatte, sagte er: »Spaß muß sein.« Ich zahlte dann das Frühstück für uns beide, was er wortlos annahm, und schlug ihm vor, einen kleinen Spaziergang zu machen, solange es noch nicht so heiß sei.
Die nähere Umgebung des Splendid Meyer Hotels war nicht gerade aufregend. Die Markenschilder, die es auch in Freiburg gab, waren hier mit einer Staubschicht bedeckt und hatten Beulen. Es gab ein paar gekachelte Fassaden, es gab ein paar verkrüppelte Bettler; nichts war so beeindruckend, daß wir uns gegenseitig darauf hingewiesen hätten. Stehen geblieben sind wir nur einmal, vor einem Stand mit Kassetten. Als das Hotel wieder auftauchte, war der Spaziergang vorüber. Ritzi berührte den Reißverschlußöffner

meines Blousons. Er fragte mich, wann ich die Kleine erwarte, und ich antwortete: »So gegen drei in dem Café hier.« Er nickte und griff sich ans Kinn, er sagte: »Ich erledige dann was inzwischen.«

»Bis heute abend?«

»Warum nicht?«

»Und was?«

»Ach, verschiedene Sachen. Briefe. Eine Hose kaufen, vielleicht auch Schuhe. Bißchen gukken ... Ich weiß nicht, wie man Urlaub macht. Was macht man da – nichts. Ich werde also wenig tun.«

»Du wirst dich langweilen.«

»Warum nicht.«

Ich fragte ihn, ob wir zusammen abendessen würden. Er rief, »Mal sehen«, und ging davon. Ich zwang mich, ihm nicht nachzublicken; es war mir gar nicht klar gewesen, daß er mit mir seinen Urlaub verbrachte. Die Sonne stach jetzt schon, ich ging ein paar Schritte. Ich bummelte an dem Café vorüber, ich kehrte wieder um. Es gab keinen Grund, um noch weiter zu bummeln, ich setzte mich an einen der Tische. Es war ein Halbschattenplatz. Gleich nach der Bestellung begann ich zu schreiben; das schon Geschriebene ließ ich unangetastet. Mein Anfang galt nun der Erscheinung Ritzis. Ich bemühte mich um ganze Sätze, um Subjekt, Prädikat und Objekt. Nach knapp

zwei Seiten versuchte ich zusammenzufassen, auch zu charakterisieren. Danach unterbrach ich die Arbeit. Ich hatte das Gefühl, daß ich nur noch für mich schrieb; ich war allein mit meiner Sprache. Der Ober räumte den Tisch ab, mir war nach Gesellschaft. Ich zahlte und stand auf. Während ich durch die Tischreihen lief, bekritzelte ich mich. Ich bekritzelte einen Finger und rieb die Kuppe dann am Hosenboden ab, gleichzeitig sah ich mich um. Niemand schenkte mir Beachtung; die Männer im Caféhaus steckten alle hinter Zeitungsseiten, als beschatteten sie wen. Ich ging auf die Toilette.
Der Junge erkannte mich wieder. Er zeigte es mir mit den Lippen. Ich trat auf eine der Stufen, dicht an das Urinal heran, und verfolgte in den Spiegelkacheln, wie seine Augen über meine Kleidung schweiften. Als er den Fleck entdeckte, lächelte er und machte sich gleich an die Arbeit. Während er noch die Paste verstrich, klappte die Tür auf, und ein Mann kam herein. Er wandte sich sofort dem Waschbecken zu, so daß ich nur seinen Rükken und Hinterkopf sah. Er zog einen Kamm aus der Tasche. Als er den Kamm an seinen Scheitelanfang setzte und dabei den Kopf hob, fing ich einen Blick von ihm auf. Es war Emiliano. Er sah mir ohne eine Spur von Überraschung in die Augen. Der Junge trat zurück und verschloß seine Tube. Ich blieb so stehen, wie ich stand, obwohl

ich fertig war. Ich zitterte ein bißchen, es kam vom Magen her. Emiliano führte den Kamm mit einer einzigen, schnellen Bewegung. Dann steckte er ihn wieder weg und drehte sich um. Ich hoffte noch, er würde gehen. Doch er trat neben mich und fragte:
»How are you today?«
Ich sah ihn von der Seite an; ohne das Today wäre seine Frage ganz harmlos gewesen. Ich antwortete:
»Oh, I'm fine.«
»You like Acatlán?«
»Why not.«
Ich sah, wie er die Hose aufknöpfte. Der Junge kam mit seiner Bürste. Er kniete sich nieder und prüfte den Zustand der Paste. Danach begann er vorsichtig zu bürsten. Emiliano ließ mühelos Wasser. Ich war mir nicht sicher, ob er schon alles wußte. Natürlich wollte ich ihn auch nicht fragen, wie lange er schon in der Stadt war. Der Junge bürstete jetzt kräftig. Er spannte mit der freien Hand den Stoff und massierte dabei noch mein Bein. Das war mir angenehm; und um etwas zu sagen, sagte ich, daß es mir angenehm sei.
»Fucking my sister?« fragte Emiliano und forderte mich mit einem Kopfrucken auf, ihm nach draußen zu folgen. Der Junge entließ mich, ich sah seine Augen. Er schien auf meiner Seite zu stehen. Ich wollte ihm noch Trinkgeld geben,

doch er verschwand schon. Emiliano hielt mir die Tür. Das verstärkte mein Gefühl, in seiner Hand zu sein. Ich wartete ab, was er vorhätte. Er setzte sich, ich setzte mich gegenüber.
Emiliano legte seine Arme auf den Tisch, ich fragte ihn, was er wolle von mir. Er schwieg und lächelte. Links von seinem lächelnden Mund lag weit im Hintergrund die Straße. Baby Ophelia mußte jeden Augenblick kommen, falls er es nicht unterbunden hatte. Sein Blick bekam den kleinen Silbersprung. Da behauptete ich, seine Schwester zu lieben. Er schwieg auch weiter, aber nahm meine Hand und umschloß sie mit seiner. Er drückte meine Fingerknöchel aneinander, bis es mir wehtat. Ich entspannte mein Gesicht, ich verkrampfte die Zehen. Sein Griff schloß meinen Daumen ein, ich hatte keine Möglichkeit, den Druck zu erwidern; das war eine Beschämung, die ärger war als der Schmerz. Ich wußte mir nur noch dadurch zu helfen, daß ich seine Hand übersah. Ich sah auf die Straße.
Aus dem Menschenstrom drängte sich etwas Schwarzweißes, ich erkannte ihr Haar, ich erkannte ihr Kleid. Sie ging auf die Tische zu, die im Sonnenschein standen, sie setzte sich und legte beide Hände in den Nacken. Ihr Bruder drückte jetzt noch fester, für einen Moment wurde mir flimmrig vor Augen. Er sagte, wenn ich bei ihr bliebe, sei es gut. Dann werde er uns, bis alles

geregelt sei, erst mal ein Apartment besorgen, denn das Hotel sei kein Ort. Ich könne jetzt zu ihr, sie wisse Bescheid. Und ich täte gut daran, ihre Sprache zu lernen! Damit ließ er mich los, ich stand auf. Sein Vorschlag kam mir irgendwie vernünftig vor, so wie die Dinge lagen. Und ich sagte Okay, in der Art, in der ich zu Herrn Übelacker In Ordnung gesagt hatte, um so das Angebot der Reise anzunehmen. Dann ging ich nach draußen. Der Schmerz in meiner Hand ließ nach; ich spürte wieder meinen-Hals, auch einen Hustenreiz und Gliederschwere.
Baby Ophelia begrüßte mich, als sei alles beim Alten. Sie fragte, ob ich mich erschrocken habe über ihren Bruder, und begann die mitgenommene Hand zu liebkosen. Das empfand ich als infam. Ich verneinte ihre Frage und tat so, als finde ihr Gestreichle nicht statt. Sie verwöhnte meine Hand geradezu. Ich rief den Ober herbei, und Baby Ophelia bestellte ein Eis. Dann drehte ich mich etwas, um einen Blick zurückzuwerfen, und sie sagte, Emiliano sei fort. Daß er sich eingemischt hatte, schien sie gar nicht zu stören; ja, sie kamen mir vor wie Komplizen. Doch dann roch ich ihr Haar. Sie hatte sich herübergebeugt. Ich nahm einen Schwall ihres Haares zwischen die Lippen, sie sagte, ihr Bruder habe den ganzen Nachmittag und Abend am Hafen zu tun. Wir hätten also Zeit für uns. Wie's denn meinem

Halsweh gehe – sie werde mir ein Tuch mitbringen. Damit ich am Sonntag gesund sei. Für die Wellen ... Manchmal denke sie, es werde nie wieder so schön sein wie jetzt.
Ich war derselben Ansicht, aber behielt es für mich. Ich war froh, als das Eis gebracht wurde. Sie nahm gleich eine ganze Kugel in den Mund und ließ sie wieder in den Becher fallen; dadurch hatte die Kugel einen Zipfel bekommen, dessen Spitze sich nun langsam bog. Dieser Anblick machte mir Lust, es mit Baby Ophelia zu treiben, ich sagte mir, daß mich ihr Bruder schon von Mann zu Mann verstehen würde. Er schien seine Schwester zu kennen. Und falls er mir dumm käme, wäre ja Ritzi noch da. Baby Ophelia bot mir einen Löffel voll Eis an. Sie fütterte mich. Das Eis war übersüßt und wäßrig. Gleich nachdem es alle war, bezahlte ich, und wir gingen hinüber. Im Aufzug küßte sie mich schon. Im Zimmer öffnete sie dann ihre Tasche und holte einen kleinen Kassettenrecorder hervor und eine verblichene Ausgabe der Frankfurter Allgemeinen Zeitung.
Sie sagte, jetzt hätten wir auch Musik, und schaltete das handliche Gerät ein. Es kam das Lied What a Feeling. Während sie den Recorder zum Bett trug, überflog ich die Schlagzeilen von gestern; damals hatte ich noch mit Marlies geschlafen. Baby Ophelia nahm mir die Zeitung aus der

Hand und blätterte darin. Als sie gefunden hatte, was sie suchte, legte sie den Zeigefinger darauf. Es war das Impressum, ihr Finger lag unter dem Namen des Anzeigenleiters. Ich sah, daß er so ähnlich hieß wie ich. Sie warf mir einen fragenden Blick zu, ich sagte ihr, das sei ich nicht. Und außerdem sei dieser Mann kein Redakteur. Baby Ophelia faltete die Ausgabe wieder zusammen und steckte sie zurück in ihre Tasche. Ohne mich anzuschauen, sagte sie, ich sei doch aber bei der Zeitung ...

Ich bejahte das, und sie stieg aus dem Kleid. Ich sagte, ich sei freier Journalist, das sei viel besser, als in einer Redaktion zu sitzen, und sie fiel mir um den Hals. Dann könne ich doch auch für Newsweek schreiben oder Time, meinte sie, und ich griff ihr zwischen die Beine; ich erwiderte lachend: »Why not.« Dann redeten wir nichts mehr.

Nachdem es geschehen war, glühte mein Kopf. Baby Ophelia lag auf dem Bauch. Sie döste, und ich untersuchte mich. Straffte ich meinen Hals, mußte ich hüsteln; hüstelte ich, brach mir am Rücken der Schweiß aus. Meine Schultern und mein Nacken schmerzten, sogar das Licht des frühen Abends tat meinen Augen weh. Ich schaltete den Ventilator aus. Ich hatte mich in seinem Wind erkältet. Sie drehte sich um, sie fragte, was los sei; ohne den Wind von der Decke senkte sich

gleich die Hitze herab. Ich sagte ihr, daß ich wohl krank sei. Die Leuchtschrift flammte auf, der Schein des O fiel ins Zimmer; die Kassette war plötzlich zu Ende. Ich schloß meine Augen. Baby Ophelia legte mir eine Hand auf die Stirn. Die Kühle ihrer Haut tat gut, ich hätte so einschlafen können.
Ob sie nicht gehen müsse, fragte ich, und sie stand auf. Das Rascheln ihrer Kleidung klang wie von fern in meinen Ohren, aber deutlich. Das Schnappen ihrer Wimpernzange drang tief in mich ein. Es drang in mein Erinnerungsmeer, wo es Widerhall fand; natürlich wußte ich auch, daß ich Fieber hatte. Zum Abschied erhielt ich einen Kuß auf die Stirn. Sie versicherte mir, morgen wieder im Café zu erscheinen, und ich sagte zum zweiten Mal, daß ich wohl krank sei.
Ich spürte ihr Haar auf den Schultern, ich schlug die Augen auf. Kopfschüttelnd sagte sie, »You are in love«, und trocknete mit ihrem Kleidsaum meine Brust ab. Ich widersprach ihr nicht. Ich schaute auf den Balken ihrer Brauen, dann auf ihr Kinn, dann auf das Hin und Her ihrer Brüste, die durch das Trockenreiben in Bewegung kamen. Ich langte in den Ausschnitt, ich spielte mit den Warzen. Sie sagte, daß auch sie mich liebe und Deutsch lernen werde, so wie ich ihre Sprache. Dann würde sie zu einer deutschen Zeitung gehen und meine Frau sein. Unsere Kinder könnten

ja zweisprachig aufwachsen, das wäre kein Schaden. Ich machte meine Augen wieder zu, das Gefühl ihres Haares verschwand. Ich spürte, wie sie den Recorder unter meine Hände schob, ich hörte, wie sie aus dem Zimmer ging; ich ahnte ihren letzten Blick auf mich. Es war alles gesagt.

Ich lag jetzt regungslos. In die Stille, die mich umgab, sprach ich leise: »Gute Nacht, Marlies.« Meine Stimme war nun schon heiser, sie wirkte auch tiefer als sonst. Das gefiel mir, es machte die Erkältung erträglich. Ich verschränkte die Arme, ich lauschte. Von der Straße drangen Geräusche nach oben, die der Stille im Zimmer nichts anhaben konnten.

Eines hörte ich besonders scharf, es setzte sich in mir fest. Es hörte sich wie das Schlagen eines Löffelchens an einen Tassenrand an und nahm kein Ende. Alles, was mir durch den Kopf schoß, war durchdrungen von diesem Ton. Wahrscheinlich lag ich im Halbschlaf. Wie sonst auch hatte ich ein Gefühl des Alleinseins, aber jetzt ging es noch darüber hinaus. Ich konnte mir nicht mehr vorstellen, daß es noch jemanden gäbe, der selbst bei einem so einfachen Wort wie Zimmer das gleiche vor Augen hätte wie ich. Und so bekam ich den Eindruck, trotz meiner Stellung und Erscheinung, trotz meiner Überzeugungen und Grundansichten, die ja, politisch gesprochen, nur etwas nach links von der Mitte abwichen, genaugenommen am Rande zu stehen. Und unter diesem Eindruck begann ich zu träumen. Mir träumte von Gott. Gott hieß in meinem Traum Parcelsus und sagte mir etwas ins Ohr. Ich hörte seine Stimme und seine Schritte vor der Zimmertür; der Faden riß, was er mir ins Ohr gesagt hatte, war weg. Jemand klopfte, und ich rief: »Es ist offen.«

Ritzi trat ein: Es war seine Gestalt. Ich bat ihn, das Licht auszulassen, er fragte, warum. Ich sagte, »Weil ich krank bin«, er wollte wissen, was mir fehle. Darauf wußte ich keine Antwort; ich legte mir die Hände aufs Gesicht. Er setzte sich zu mir, ich sah ihn durch meine geöffneten Finger. Er trug ein neues Hemd, es ähnelte dem Hemd, das ich am Vormittag angehabt hatte. Der Recorder fiel ihm auf, ich erklärte die Herkunft. Ich flüsterte fast. Er erkundigte sich, ob ich Fieber habe.

»Vermutlich«, sagte ich.

»Ich kann dir was holen, du klingst nicht gut.«

»Es ist lächerlich, bei so einer Hitze erkältet zu sein.«

»Was heißt lächerlich, es hat dich erwischt«, sagte er, und ich zupfte ihn am Ärmel. So heiser wie möglich stieß ich hervor:

»Schönes Hemd.«

»Gefällt dir? Es war billig. Seit wann bist du krank?«

»Seit heute mittag. Es kam ganz überraschend.«

Und dann erzählte ich von Emiliano. Ich spielte die Begegnung herunter, als hätten wir uns nur unterhalten. Baby Ophelia, schloß ich, sei ja kein Kind mehr. Er müsse sie mal kennenlernen.

»Wozu?«

»Vielleicht gefällt sie dir.«

»Wozu soll sie mir gefallen?«

Wie auf seine Frage, was mir fehle, wußte ich auch darauf keine vernünftige Antwort. Ich hatte mir bloß gedacht, daß es schwieriger wäre für ihren Bruder, wenn sie für zwei Männer schwärmte. Das behielt ich natürlich für mich. Ich sagte nur, es hätte was für sich, und versuchte mich dann aufzurichten. Ich mußte husten, und der Schweiß brach mir aus, ich fühlte seine Hand auf meiner Schulter. Sie gebot mir, besser liegen zu bleiben. Da sagte ich, es sei schon eine komische Beziehung zwischen ihm und mir, und er nahm die Hand wieder fort. Er ließ sie neben meiner Schulter, ich konnte ihre Nähe spüren; ich spürte auch, daß er nach Worten suchte. Beides genoß ich, so wie ich das Gefühl des Recorders unter meinen Fingern genoß. Die Musik war bei mir! Und es war mein Hemd, das er trug, es war mein Zimmer, in dem wir sprachen, es war meine Erkältung, die ihn besorgte. Er strich sich mit den Nägeln durchs Haar und blieb auf halbem Weg stehen. Er hatte jetzt einen Gedanken, das sah man. »Ich erklär dir mal, weshalb ich dir hinterher gereist bin«, begann er. Ich schloß die Augen und rührte mich nicht, er redete sehr langsam weiter. Er sagte:

»Ich bin ein guter Pilot, aber kein guter Soldat. Ich hab in meinem Training bisher nie ein Unbefriedigend bekommen. Ich hatte ein Gefühl für das Flugzeug, noch ehe ich zum ersten Mal darin gesessen hatte. Alles in mir sprach für das Fliegen, und ich war restlos gesund. Seit meiner Kindheit bin ich nicht mehr krank gewesen. Ich bin wie geschaffen, um so ein kompliziertes Ding zu beherrschen, ich habe bisher noch nie die Kontrolle verloren. Und selbst wenn ich mal den Kopf etwas verliere, mache ich noch wie von selbst das Richtige. Bei meinem ersten Alleinflug hatte ich nur eine Empfindung, Glück. Ich flog eine Strecke wie von Freiburg nach Passau über ein menschenleeres Gebiet, und es gab auch keine andere Maschine in meinem Luftraum. Ich flog einfach drauflos. War da irgendwo noch eine kleine Wolke über mir, konnte ich hochziehen und war Sekunden später schon durch sie durch. Hatte ich Lust, die Landschaft zu sehen, ließ ich mich fallen und flog so dicht darüber hinweg, daß ich einen Menschen gesehen hätte, wäre da einer gestanden. Doch es gab nur kleine Hügel, und keiner glich dem anderen, das fiel mir auf. Ich ging mal tiefer, mal höher, ich habe geschrien. Es bestand ja kein Funkkontakt, wenn ich nicht wollte. Ich war ganz für mich. Dann kam der Wendepunkt, und ich flog die Kurve so hart, wie es ging, ich wollte den Druck. Und auf dem Rückweg zur Air Base schloß ich manchmal für zehn, zwölf Sekunden die Augen und war dann Tausende von Metern weiter, wenn ich sie wieder aufschlug. Wäre da ein Berg gestanden, ich wäre darauf zugerast. Nie war ich so bereit gewesen, mir das Leben zu nehmen. Ich hatte das Gefühl, nie wieder so glücklich zu werden. Je näher ich der Air Base kam, desto klarer wurde mir das. Meine Stunde ging zu Ende, ich konnte es an den Zeigern verfolgen; ich konnte es auch an mir selbst verfolgen, wie vernünftig ich wieder flog. Und als ich dann aufsetzte, so gut wie man nur aufsetzen kann, wollte ich niemanden sehen. Mir ekelte bei dem Gedanken, daß man mich gleich beglückwünschen würde. Ich rollte so langsam aus, wie es ging, ich sah die Kameraden. Sie kamen mir mit hochgestrecktem Daumen entgegen, sie kniffen ein Auge zu. Ich ließ dann alles mit mir machen. Am Abend betrank ich mich, die Kameraden glaubten, ich feiere mit. Keiner merkte, was mit mir war. Ich feierte Abschied. Ich begann zu rauchen, was ich dann wieder sein ließ, bis gestern, ich begann mir Gedanken zu machen, was es sonst noch für ein Leben geben könnte. Das war am anderen Morgen auch vorbei, aber nicht erledigt damit. Ich entschied mich, in den vierzehn Tagen bis zum nächsten Lehrgang nicht nach Hause zu fliegen. Ich fürchtete mich vor dem Stolz meiner Eltern. Ich schrieb ihnen, daß ich mich vorbereiten müsse für das Training auf der Phantom. Und ich meinte das auch so. Nur der Soldat war gestorben, ich wollte weitermachen. Ich wollte auch die Einsatzmaschinen beherrschen, egal wie. Darüber sprach ich natürlich mit keinem. Auch nicht mit einem Redakteur, der dann kam. Auch nicht mit dir.«

»Ich bin kein Redakteur.«

»Das weiß ich«, sagte Ritzi und kramte in seinen Taschen. Er suchte was, Zigaretten wahrscheinlich. Dabei berührte er mich wieder. Ich hätte wirklich Fieber, stellte er fest und tastete sich bis zu meiner Wange hoch. Er legte seinen Handrükken an die glattere Fläche oberhalb der Bartwuchsgrenze und sagte: »Ich rauch dann besser draußen, ich kann dann gleich zur Apotheke gehen. Du brauchst ja was.« Und damit stand er auf, das Gefühl an meiner Wange verschwand; es schien die Wange gar nicht mehr zu geben. Ich fragte ihn, ob er gleich wiederkomme oder noch ausgehe dann, er sagte:

»Nein, nein.«

»Du hast keinen Hunger?«
»Vom Reden? Nur Durst.«
»In meiner Hose ist Geld.«
»Ich habe Geld.«
»Es hat doch alles schon zu, wie spät ist es?«
»Acht vorbei.«
»Ich dachte, es sei später.«
»Weil du Fieber hast.«
Er ging zur Tür, ich rief: »Bring was zu trinken mit.« Dann hörte ich, wie er die Tür leise schloß, so wie eine Kinderzimmertür abends zugemacht wird, und ich bewegte mich wieder. Ich griff mir mein Notizbuch, das auf dem Nachttischchen lag, ich schrieb im Schein des O ein paar Stichworte auf; je mehr ich mich an seine Erzählung zu erinnern suchte, desto ferner rückte sie mir, bis mir nur noch seine Art des Sprechens gegenwärtig war. Ich klappte das Buch wieder zu, ich behielt es in der Hand, falls mir noch etwas einfallen sollte. Es fühlte sich bald an, als sei es ein Teil meiner Hand, ich konnte mir kaum vorstellen, es nicht zwischen den Fingern zu halten; das Gefühl des Kassettenrecorders war schon vergessen, ich hatte ihn auf den Boden gestellt. Ich hielt mich nun an dem Buch. Es war ein kühler Damm zwischen den heißen Teilen der Hand. Ohne das Buch darin wäre die Hand ganz sich selbst überlassen gewesen, so wie mein übriger Körper. Ich fror an den Beinen, ich fror im Kreuz; und es

geschah, daß einer meiner Füße unwillkürlich zuckte oder etwas durch meine Knie fuhr, so daß es jenen Ruck tat, den man auch bei schlummernden Hunden beobachten kann. Das Atia! Atia! klang von der Straße. Als es verebbte, begann ich die Mosquitos zu hören. Anfangs schlug ich nach ihnen. Dann wehrte ich mich nur noch mit dem Körperteil, auf den sie niederstießen. Zu guter Letzt ließ ich sie beißen und saugen. Ich sagte mir, dann geben sie hinterher vielleicht Ruhe. Sie allerdings dann zu erschlagen, kann häßliche Blutflecken geben, das zog ich auch in Betracht. Ich dachte an den Jungen mit der Fliege. Er war schön. Und kurz nach diesem Gedanken kam Ritzi zurück. Er setzte sich an die gleiche Stelle wie vorhin, vielleicht etwas näher zu meinem Kopf, er legte mir ein Schächtelchen auf die Brust. Er hatte getrunken, das roch man. Ich schob das Notizbuch beiseite und griff nach dem Medikament. Ich fragte ihn, was das sei, er sagte, ein Mittel.
»Teuer?«
»Es ging.«
»Wieviel bekommst du?«
»Nichts im Moment.«
»Hast du getrunken?«
»Ja, warum.«
»Du trinkst.«
»Ich rieche auch am Badewannenstöpsel. Oder

dachtest du, daß ich unschuldig sei.« Er wand mir das Schächtelchen aus den Fingern und öffnete es. Es enthielt eine Anzahl von Kapseln, die in kleinen, durchsichtigen Kammern steckten. Er drückte eine Kammer ein, und die Kapsel drang ein Stück durch die rückwärtige Folie. Er nahm sie und brach sie heraus, er hielt sie mir hin. Es war die Zeremonie der Verabreichung, die ich von früher her kannte, wenn sich mein Vater als Arzt aufgespielt hatte; daß ich das gehaßt hätte, kann ich nicht sagen. Die Kapsel fühlte sich gut an, ich freute mich auf ihre Wirkung, auf eine Art von Erlösung. »Du mußt zwei davon nehmen«, sagte Ritzi und hielt mir noch eine hin. Dann reichte er mir eine Flasche mit Saft. Ich spülte beide Kapseln hinunter, mir war, als sei bald Tag. »Wie spät ist es?« fragte ich.

»Spät. Ich leg mich jetzt auch hin.«

»Du wirst dich anstecken.«

»Ich steck mich nicht an.«

Er stand auf und erkundigte sich, ob ich etwas Musik hören wolle, er habe eine Kassette gekauft, ganz billig. Ich schwieg, und er schob die Kassette hinein, es kam ein Lied, das ich kannte. Es hieß Puttin' on the Ritz und gefiel mir. Ich sagte ihm das auch, während er sich zähneschrubbend über das Waschbecken beugte, und er gab mir ein Zeichen, was bedeuten sollte, daß er nichts verstehen könne im Moment. Da mußte ich an

Marlies denken. Ich hatte mir die Zähne geschrubbt, sie hatte hinterher behauptet, etwas Wichtiges gesagt zu haben in der Zeit. An solchen Dingen hatte es sich meistens entzündet. Das Wassergerausche brach ab, ich hörte ihn kommen. Er legte sich auf seine Hälfte, ich sah an ihm herab.

Er hatte wieder die Sporthose an. Er lag auf dem Rücken, die Fingerspitzen am Kinn. Seine Bartstoppeln knisterten. Ich überlegte, was ich sagen könnte. Es müßte etwas sein, das ihn mitnähme. Er sollte sich den Kopf zerbrechen, solange mich das Fieber schwächte. Bloß weil er getrunken hatte, sollte er auf keinen Fall vor mir einschlafen. Das mißgönnte ich ihm. Ich räusperte mich, er stützte sich auf.

»Woran glaubst du?« fragte er.

»An gutes Aussehen.«

Das war mir rausgerutscht; Ritzi nickte. Dann wollte er wissen, ob die Kapseln schon wirkten, und ich antwortete: »Keine Ahnung.« Er nickte wieder und legte mir eine Hand auf die Stirn, und ich legte meine Hand rasch auf seine. Darauf zog er die Hand wieder weg und legte sie erneut zuoberst, und ich setzte es fort. Etwa gleichzeitig beendeten wir das alberne Spielchen. Er drehte sich auf die Seite, und ich erzählte von dem Jungen, der Flecken entfernte; auch als ich sicher war, daß Ritzi schon schlief, erzählte ich weiter.

7

Schon um zwanzig nach eins saß ich im Café Real. Diesmal saß ich ganz im Schatten. Es ging mir besser, die Kapseln hatten gewirkt, es waren sogar noch welche übrig. Ich saß weit zurückgelehnt, ich war, was man selig nennt. Der leichte Wind roch nach Meer, meine Cola war kalt, und wenn ich die Hand über das Glas hielt, prickelte es; ich erwartete Baby Ophelia, Ritzi würde dazustoßen später, so hatten wir es abgesprochen; das Porträt nahm Gestalt an, ich hatte Pläne. Eine meiner Überlegungen war, mich noch von hier aus an die Stuttgarter Zeitung zu wenden und eine Serie vorzuschlagen, In Deutscher Fremde oder so ähnlich. Für eine Abreise könnte ich dann berufliche Gründe angeben, es käme ein Gespräch mit Emiliano zustande. Aber mein Aufbruch würde nicht Rückkehr bedeuten, weder zu Baby Ophelia noch zu Herrn Übelacker. Ich wäre frei. In dieser Stimmung fuhr ich mit der Arbeit fort.

Ich schrieb: »Kühl bedient er seine Instrumente; ihre Wirkung berauscht ihn. Der nüchterne Rausch des Soldaten in seiner Maschine: Er kann fast alles und darf fast nichts. Leutnant Ritzi ist in der Form seines Lebens, nur ist es eine Uniform.« Ich unterstrich den letzten Satz, es war die gesuchte Pointe. Dann drehte ich mich um. Aus dem Innenraum des Cafés kam ein Stimmengewirr.

Ein gutes Dutzend Männer stand zwischen den Tischen, alle mit dem Rücken zu mir. Ihr Durcheinandergerede hörte mit einem Mal auf, sie bildeten eine Gasse, ich sah Polizisten in Stiefeln, ich sah ihre Revolver am Koppel. In ihrer Mitte hatten sie den Jungen. Seine Fliege saß schief, seine Hände waren auf dem Rücken, das weiße Hemd hing etwas aus der Hose. Sie führten ihn ganz dicht an meinem Tisch vorbei, ich warf ihm einen Blick zu. Er erwiderte ihn, er lächelte mit den Augen. Seine Hände waren nicht gefesselt, er hielt sie nur so. Ich stellte mir vor, daß seine Verhaftung auf einem Irrtum beruhte. Er tat mir nicht besonders leid. Ich neidete ihm sein Erlebnis sogar. Die vielen Blicke, die ihm galten, waren freundlich, selbst die Polizei hatte keinen grimmigen Ausdruck. Schade war nur, daß er mir jetzt fehlen würde. Es war eben so, daß ich mich sehr rasch an etwas gewöhnte, das sich als angenehm erwiesen hatte. Ich konnte also nicht mehr mit ihm rechnen. Man brachte ihn in ein Fahrzeug der Stadtpolizei, das ohne Eile davonfuhr. Die Männer setzten sich wieder, ich versuchte weiterzuschreiben. Aber es ging nicht.

Es herrschte noch Unruhe; am Nebentisch fiel das Wort Drugs. Um den Tisch herum saßen Marinesoldaten. Sie waren vom Flugzeugträger Midway, das stand auf ihren T-shirts. Sie waren noch in der Freizeit ein Haufen, ich beneidete auch sie. Es waren kräftige Burschen mit breitem Gesicht; sie trugen Tonsuren, die stehengebliebenen Haare saßen schräg wie ein Schiffchen auf den kantigen Schädeln. Immer wieder schielte ich hinüber, während ich Ausschau hielt nach Baby Ophelia. Als sie endlich aus der Menge hervorstach, spülte ich schnell noch die letzten Kapseln herunter und ließ das Schächtelchen dann auf den Boden fallen.

Sie begrüßte mich lieb, aber flüchtig, beim Hinsetzen verursachte sie unnötigen Lärm. Ich fragte sie, ob sie in Eile sei, und sie verneinte das. Sie könne heute sogar länger bleiben, wir könnten über alles reden. Und sie habe auch was mitgebracht, wie versprochen. Ich versuchte sie an mich zu ziehen, doch sie machte sich steif. Sie zog aus ihrer Tasche ein rotweißgelb geflecktes Tuch, das sie mir gleich um den Hals band. Es sei für meine Stimme, sagte sie, es sei ein Geschenk ihres Bruders, ihr Lieblingshalstuch, sie leihe es mir. Und ich dankte Baby Ophelia und fragte sie, worüber wir dann reden könnten – was sie gemeint habe eben.

»Our wedding.«

Da ich im Augenblick keinen Unfrieden wollte, summte ich einen Ton der Genüge, und sie küßte mich auf den Mund. Danach erzählte ich von Ritzi. Er sei eine Art Freund, er sei gestern gekommen, wir teilten das Zimmer, er werde gegen Abend mal reinschauen. Baby Ophelia schubste mir das Notizbuch in den Schoß. Sie stellte fest, daß ich ein Lügner sei. Mein Freund sei schon seit vorgestern da, es sei ein anderer Geruch gewesen im Bett. Und hätte ich ihr jetzt nichts erzählt, wäre sie wieder nach Hause gegangen. In das Haus ihres Bruders. So sei sie, das sollte ich wissen.

Die Soldaten standen auf, ich sah ihnen nach, ich entschuldigte mich. Ich hätte angenommen, daß sie eifersüchtig würde auf den Freund. Aber nun lerne sie ihn ja heute noch kennen, er werde so um fünf Uhr kommen. Sie sah auf die Uhr, sie meinte, dann müßten wir jetzt aber los, und ich winkte dem Ober. Ich war sehr froh, daß sie mir keine Scherereien mehr machte deswegen; daß ich ihr nicht schon gestern von Ritzi erzählt hatte, war eigentlich nichts weiter gewesen als Gleichgültigkeit.

Trotz dieses Mißklangs war es dann schön. Aus sparsamen Zeichen, einer geringfügig veränderten Beinstellung, eines Tonwechsels beim Atmen, erriet sie meine Wünsche und erfüllte sie so leicht und genau, als seien es ihre eigenen. Das ging bis an den Rand der Erschöpfung und weiter; erst als es mühselig wurde, hörten wir auf. Ich legte die

Kassette ein, die Ritzi mitgebracht hatte, und sagte, er könne jetzt jeden Moment vor der Tür stehen. Baby Ophelia fragte, ob sie sich ankleiden solle, und ich vertrat die Auffassung, daß das nicht notwendig sei. Es genüge, wenn sie sich mit dem Laken bedecke, mein Freund sei außerdem nicht kleinlich. Danach schwiegen wir eine Zeitlang, meine Hand lag in ihrer, die Musik unterhielt uns. Bald wurde mir ziemlich warm an der Hand, es wurde unangenehm. Ich wußte aber, daß dieses Handhalten seine Funktion hatte nach dem Verkehr, es war immer ein Thema von Marlies gewesen. Also rührte ich mich nicht und sagte nur, daß alles sehr schön sei, auch ohne die Ehe, und sie entzog sich mir, ich betrachtete sie. Sie guckte angestrengt ins Leere, so wie ein Kind, das über einem Rechenbeispiel brütet. Im Gang waren Schritte zu hören. Und als sie zu sprechen anhob, klopfte es an der Tür. Ich sprang aus dem Bett und lief durch das Zimmer. Er sei es, sagte Ritzi von draußen, und ich ließ ihn herein. Er ging sofort zum Bett.

Das wunderte mich etwas, denn er mußte wissen, daß Baby Ophelia dort lag. Ich schaltete das Licht über dem Waschbecken an, um nicht so unterderhand in die zunehmende Dunkelheit zu geraten; ich sah, wie sich die beiden begrüßten. Sie saß jetzt aufrecht im Bett, das Laken bis zum Hals gezogen, wie man es in älteren Filmen oft sieht. Ich schlang mir rasch ein Handtuch um die Hüften. Und auf Englisch, um nicht unhöflich zu sein gegen Baby Ophelia, erkundigte ich mich dann, wie es ihm gehe; ich fragte ihn nach seinem Befinden, weil er mich nicht nach meinem fragte.

Er sei müde, sagte Ritzi, auch ein bißchen kaputt. Ich schlug ihm vor, sich hinzulegen, aber er wollte das nicht. Er setzte sich auf das Fußende und schloß für einen Moment seine Augen, was ich zum Anlaß nahm, ihn vorzustellen. Ich sagte, er sei ein Pilot, er sei Luftwaffenleutnant, worauf er mich barsch unterbrach. Er sagte:

»Laß das doch, Heiland!«

»Was?«

»Diese Angaben da.«

»Waren sie falsch?«

»Es ist doch egal, wer ich bin.«

»Möchtest du einen Decknamen?«

»Ich möchte überhaupt nichts«, rief er, und ich entgegnete:

»Ich kann ihr auch sagen, daß es ein Spaß war, Heilandnochmal! It was only a joke. He is nothing.« Ritzi schüttelte den Kopf, so sachte, daß er damit nicht widersprach, Baby Ophelia spielte an ihrem Recorder. Sie suchte ein bestimmtes Lied. Das An und Aus ging mir sehr auf die Nerven. Ich fragte sie, was man noch tun könne heut, sie sagte, schwimmen gehen. Ich versuchte mir das auszumalen, ich sah mich ertrinken. Ritzi schlug sich auf den Kopf. »Ich bin zu müde«, murmelte er.

»Und wovon?«

»Ich weiß nicht. Von nichts.«

»Hast du Kopfweh?«

»So was Ähnliches, ja.«

Wir sollten kein Deutsch sprechen, ging Baby Ophelia dazwischen; dann bat sie um ihr Schminketui. Ich brachte es ihr, sie begann sich zu schminken. Ich fragte, was sie vorhabe jetzt, Ritzi fiel mir ins Wort. Er bleibe auf jeden Fall da.

»Gefällt sie dir nicht?«

»Sie gefällt mir.«

»Na also«, sagte ich.

Er wandte sich an Baby Ophelia. Er erklärte ihr, daß er zu müde sei, egal wofür, und sie erwiderte, daß wir dann eben alle hierblieben. Danach schminkte sie sich weiter, so als gingen wir großartig aus. Mein Blick sprang hin und her. Ritzis Augen waren gerötet, er wirkte mitgenommen. Das freute mich insgeheim; Gefallen fand ich auch noch an dem Kästchen. Auf eine sehr zweckmäßige Weise enthielt es alles, was eine Frau zum Zurechtmachen braucht. Das Kästchen war aus Holz und hatte zwei Stockwerke, die sich beim Öffnen ergaben. Die Innenseite des Deckels war zugleich auch der Spiegel. In der oberen Ab-

teilung waren kleine Vertiefungen. Sie enthielten die Schminke, Rot- und Brauntöne, Blau- und Grüntöne, sowie Fleischfarben in drei feinen Abstufungen. In der unteren Abteilung lagen Pinsel und Stifte und ihre Wimpernzange. Als sie die Zange herausnahm und an eines ihrer Augen setzte, wendete Ritzi den Kopf ab. Er hatte jetzt die Fäuste an den Schläfen, ich kam auf den Gedanken, daß er sich angesteckt haben könnte bei mir. Sie schloß die Zange, ich holte das Halstuch, das ich abgelegt hatte. Ich wollte irgend etwas tun. Ich glättete es, Ritzi sah zu. Er sagte kein Wort. Baby Ophelia meinte, ich solle das Tuch noch behalten, es sei gut gegen Halsweh. Und ich hielt es in die Höhe, Ritzi streckte die Hand danach aus. Da gab ich ihm das Tuch. Er prüfte den Stoff und band es sich dann so sorgfältig um, als sei es nur Ziertuch für ihn. Ich war mir nun sicher, daß er sich angesteckt hatte.
Baby Ophelia sagte, das Tuch stehe ihm noch besser als mir, und fingerte dabei an der Zange herum. Etwas war nicht in Ordnung mit dem kleinen Gerät. Ich bot ihr meine Hilfe an, sie schlug sie aus. Ich setzte mich zu ihr. In der Zange hatte sich der Gummiring gelöst, der den eingespannten Wimpern bei ihrer Krümmung Halt gab. Mit größter Anstrengung versuchte sie, ihn wieder in die Fassung zu pressen, ich erkannte sie kaum wieder. Ritzi sank auf den Rük-

ken und nahm ihr die Zange schlicht weg. Und so, als mache er das hundertmal am Tage, drückte er den Ring in die Fassung und gab ihr die Zange zurück. Baby Ophelia schoß herab und küßte ihn auf die Stirn. Dann bemerkte sie, was für schöne Wimpern er habe. Ob sie ihm die richten dürfe. Ritzi lachte. Er lachte mit weitaufgerissenem Mund und fast tonlos, er sah plötzlich abstoßend aus, ich sah woanders hin. Kein Problem, hörte ich ihn, nur müsse sie mir auch die Wimpern machen, und zwar vorher. Ich wollte protestieren, da kam schon ihre Hand, ich ließ mich auf die Schultern zwingen. Meine Wimpern sind nicht besonders entwickelt, der kosmetische Eingriff, dachte ich, müßte scheitern. Baby Ophelia beugte sich zu mir herunter. Meine Wimpern, meinte sie, seien nett; sie sagte, »nice«.
Dann ging es schnell, so wie bei einer Injektion. Schon kam die geöffnete Zange, schon verschwamm vor meinem Auge ihr Gestänge; gleichzeitig war da ein Finger, der die Haut über dem Knochen, der das Dach der Augenhöhle bildet, so spannte, daß die Wimpern greifbar wurden. Die Scheren schlossen sich, mir war, als werde das Auge geschält; mein anderes Auge war auf Ritzi gerichtet. Er wand sich aus dem Hemd, das an ihm klebte, beide Arme nach hinten gestreckt, wodurch sich die Brustwarzen dehnten. Sie waren dunkelbraun und groß. Ich hatte kleine

helle, was weniger erwachsen wirkte; das ärgerte mich. Baby Ophelia wechselte hinüber und setzte wieder zügig an. Ich spürte das Zupfen, ich trommelte mit den Hacken aufs Bett, sie entließ mich. Auf meinen Lidern lag ein Kitzel. Ritzi sah mir in die Augen. Da ich annahm, daß er lachen würde, lachte ich vor ihm; und als er nicht einfiel, bog ich es ab in Geschnaufe.
Baby Ophelia kniete sich jetzt zwischen uns hin. Sie spannte seine Wimpern ein, und er verdrehte das Auge, mehr nicht. Als sie dann fertig war mit ihm, hockte sie sich, und wir richteten uns schwerfällig auf. Sie sagte, daß wir uns nun beide anschauen sollten. Wir zögerten. Darauf legte sie uns je einen Arm um die Schulter und verdrehte uns, bis wir einander zugewandt waren. Dann schloß sie nach und nach die Arme, bis ich ihn riechen konnte. Seine hochgestellten Wimpern sahen so aus, als seien sie unecht. Ich dachte an die unechte Frau in Socorro. Und ich zwang mich, nicht zu klimpern, er offenbar auch. Die Ader unter seinem Auge pulste. Dadurch war er im Vorteil; ich glaubte, schmieriger zu wirken als er. Seine Augen glänzten, die Pupillen trieben wie auf einer Lösung. Ich wollte fragen, ob er Fieber habe, doch er kam mir mit etwas ganz anderem zuvor. Er sagte:
»Sie paßt nicht zu dir.«
Das überraschte mich wie ein Rasierschnitt. Ich

wußte nicht, was ich antworten sollte. Am liebsten hätte ich lässig mit den Lippen gezuckt. Aber das konnte ich gar nicht, es hätte grotesk ausgesehen. Ich kann wohl sagen, daß mein Gesicht ziemlich starr war. Marlies hatte mir einmal erklärt, auf allen Fotos hätte ich denselben Blick. Und sie hatte mich dann auch nicht mehr geknipst, es war der Anfang unserer Trennung gewesen. Das schoß mir alles durch den Kopf, es waren klare Sekunden. Wir sahen uns immer noch an. Was jemandem wie Ritzi im Gesicht stand, mußte ich in den Mund nehmen. Seine Augen machten mir ein Angebot: Die Sache charmant zu beenden. Und gerade damit brachte mich Ritzi zur Strecke. Ich machte mich gewaltsam von ihr los und rieb mir die Lider; er bewegte sich nicht und sagte: »Ich erzähl dir mal was. Nachdem ich Offizier geworden war, mußte ich zum ersten Mal einem viel älteren Menschen etwas befehlen. Das war ein Stabsfeldwebel, der noch im Krieg gewesen war. Sein ruhiges Warten auf meinen ersten Befehl sitzt mir noch ganz roh im Gedächtnis. Oder verstehst du das nicht?«

Ich sagte, nein, ich fragte ihn, weshalb er das erzählt habe jetzt, er rief: »Heiland, weils mir so kam!« Das leuchtete mir ein, und ich fragte ihn nur noch, warum er auf der Air Base niemals Heiland oder etwas ähnliches gesagt habe.

»Weil das nicht üblich ist auf einer Air Base. Du Zeitungsmensch.«
»Ich bin kein Zeitungsmensch.«
»Aber sie denkt das doch, wie?«
»Ich weiß nicht, was sie denkt«, sagte ich und griff Baby Ophelia ins Haar, um zu beweisen, daß ich das durfte. Ich zog sogar ein bißchen an den Haaren, sie rührte sich nicht. Sie wollte etwas sagen, aber es blieb beim Öffnen des Mundes; es blieb bei den Zähnen. Da fragte ich, wieso sie nicht zu mir passe, und Ritzi antwortete: »Weil sie Mexikanerin ist und du nicht.«
Baby Ophelia schob meine Hand weg. Sie wikkelte sich fester in das Laken und stand auf. Sie schritt durch die Gasse zwischen Ritzi und mir. Sie lief, ohne auf ihre Füße zu achten, so wie Emiliano sein Privatsprungbrett betreten hatte. Das Ganze war kein Aufbruch gewesen: Sie war nur gegangen. Sie begann sich anzukleiden. Ich hing mit den Augen an ihr, was ich zu verbergen versuchte. Ich griff mir ihre Wimpernzange und hielt sie, als sei ich in die simple Mechanik vertieft. Dabei verfolgte ich jede Bewegung von Baby Ophelia.
Sie stieg in ihr Höschen und streifte es unter der Hülle des Bettuches nach oben. Sie tat das ohne besondere Hast, etwa wie ein Freibadbesucher, der unter dem Handtuch das Badezeug wechselt. Als nächstes schob sie ihren Brusthalter unter das

Tuch und brachte ihn, ohne das Tuch auch nur ein Stück zu verlieren, an seinen Platz. Danach schloß sie ihn mit einer einzigen Bewegung beider Arme. Nun nahm sie ihr Kleid und stülpte es sich über den Kopf. Und in dem Maße, wie das herabrutschende Kleid ihren Körper bedeckte, ließ sie das Bettlaken fallen. Es griff eins ins andere; kaum daß es am Boden lag, stieg sie schon in die Schuhe, gleichzeitig warf sie ihr Haar weit nach vorn und fing an, es zu kämmen. Dabei kam sie auf mich zu. Sie fragte, ob ich das noch brauche, und meinte ihre Wimpernzange, und ich verneinte. Darauf nahm sie mir die Zange ab und legte sie in das Kästchen zurück; mit der anderen Hand hatte sie sich weitergekämmt. Sie steckte nun das Kästchen in ihre Tasche und holte mit der gleichen Handbewegung einige Haarnadeln hervor, sie schob sie sich zwischen die Lippen. Und kaum waren beide Hände frei, begann sie schon ihr Haar zu türmen, auf einem Rundweg durch das Zimmer. Sie schlang einzelne, dicke Strähnen über dem Kopf ineinander und schichtete die Haarteile dann kreuzweise auf; jeweils an den Schnittpunkten stach sie eine der langen Nadeln in die Haarmasse ein. Das alles ohne Spiegel. Sie schaute vor sich hin, und jede ihrer Bewegungen saß, ich sagte ihr, ich hätte sie gern. Danach fühlte ich mich elend.

Ritzi wischte sich mit dem Kissenbezug den

Schweiß von der Stirn, Baby Ophelia ordnete die Haarfäden, die noch aus dem Knoten abstanden, ein und sagte, das könne ich ihr morgen in ihrem Zimmer erzählen. Sie werde morgen nicht kommen, ich könne sie aber besuchen, so ab eins. Und sie schrieb die Adresse ganz klein an die Wand. Dann ging sie zum Waschbecken und löschte das Licht. Ehe sie das Zimmer verließ, sagte sie noch einen Satz in ihrer Sprache. Er hörte sich an wie ein Sprichwort. Auf ihre Kniekehlen fiel der Schein des O. Ich wollte ihr nach. Aber wozu, dachte ich.

Ritzis Atem war bereits so deutlich wie ihre leiser werdenden Schritte, sein Gesicht lag tief im Kissen. Ich bereitete mich aufs Einschlafen vor, ich versuchte, mir seinen Atemrhythmus zu eigen zu machen. Doch er entsprach mir nicht, ich gab es wieder auf und lauschte. Eine Zeitlang glaubte ich noch, ich könnte mich ohne weiteres anziehen und ein Bier trinken gehen, bis ich spürte, daß es zu spät dafür war; auf einmal befand ich mich auf der Klinge der Nacht. Eine Weile hielt ich das aus, indem ich meine Karriere durchdachte. Und als es mir dann unerträglich wurde, drehte ich mich mit rücksichtslosem Schwung auf die Seite. Ritzis Atem wurde schärfer. Ich fragte ihn, »Schläfst du?«, er sagte, »Nein«.

Das erschreckte mich etwas. Ich wollte eine witzige Bemerkung machen und suchte nach passenden Worten, doch er atmete schon wieder so, als sei ich nicht zugegen. Es war, als hätten wir uns gestritten. Es war dieses abgeschiedene Atmen, das ich gut kannte. Ich richtete mich auf und sagte: »Tu doch bitte nicht so, als ob du tief schläfst.«

»Tu ich das?«

»Du tust es.«

»Und womit?«

»Du atmest so friedlich.«

Er lachte und begann zu husten. Er schlug sich klatschend auf die Brust, ich legte meine Hand ganz rasch auf seine: es war unser Spiel. Dann sagte ich: »Du bist krank. Du hast dich angesteckt.«

»Vielleicht. Vielleicht auch nicht.«

»Du bist krank«, wiederholte ich leise. »Du bist es.«

»Das bedeutet aber nichts.«

»Es bedeutet, daß du im Bett bleiben mußt.«

»Es bedeutet gar nichts«, beharrte er. Ich nahm meine Hand wieder weg, und er drehte sich so, daß wir einander zugewandt waren. Die hochgestellten Wimpern gingen fast unter in seinem Gesicht. Er roch nach Schlaf; Baby Ophelias Tuch war verrutscht. Ich griff mir an den Hals, und er band es sich neu. Dabei reckte er das Kinn vor und zog die Augenbrauen hoch; er ließ sich Zeit. »Du gefällst mir«, sagte ich, worauf er nur brummte. Wir blieben dann so liegen. Wir schliefen so ein.

8

Natürlich fuhr ich zu ihr. Der Taxifahrer kannte die Straße; er kürzte ab, wie mir schien. Er fuhr mich durch Gassen mit Kindern und Hunden, und ich hatte Gewinn von der Fahrt. Calle Lima vierundachtzig war ein zweistöckiger Neubau ohne Verputz. Er stand inmitten einer Zeile von einstöckigen Flachbauten, in einer Umgebung, die mich enttäuschte. Ich hatte mir das Bild gemacht, sie in einer geordneteren Wohngegend zu treffen. An der Haustür gab es nur den Namen Guadalupe, jedoch zwei Klingelknöpfe. Ich drückte auf den unteren. Das Klingelzeichen war so zudringlich, daß ich den Finger zurückriß. Ein paar Sekunden verstrichen, im Inneren des Hauses stieß ein Singvogel seine Tonleiter aus. Dann öffnete jemand, es war Baby Ophelia; sie hatte wohl gelauert hinter der Tür. Ich küßte sie auf beide Wangen, sie sagte, ich solle schon hochgehen, dort sei ihr Zimmer, sie komme gleich nach. Damit entschwand sie, ich nahm die Treppe. Alles war so schnell gegangen, daß ich mir überlegte, was sie angehabt hatte. Es war nicht das Leinenkleid gewesen.

Ihr Zimmer fand ich auf Anhieb. Es hatte zwei Fenster, unter einem stand das Bett; das Zimmer war nicht groß, aber hell. Auf ihrem Bett lagen

Plüschwesen. Manche waren so massiv wie ein Kleinkind. Es gab da einen Tiger und ein Nashorn, eine Prinzessin und ein Krokodil, zwei Delphine, einen Negerjungen und noch einen Tiger, Zwerge und ein Nilpferd, das auf einem anderen Nilpferd saß, und einen weiteren, sehr kleinen Tiger. Und obwohl die Wesen verstreut lagen, sah ich darin ein System; jedenfalls schauten sie mir alle entgegen. Ich versuchte, das nicht weiter zu beachten. Außer dem Bett waren noch ein Schrank, ein Tisch und zwei Stühle im Zimmer. Auf dem Tisch standen zwischen Buchstützen der Größe nach Mappen und Hefte, davor lagen alte Zeitungsausgaben, zuoberst die der Frankfurter Allgemeinen. An der Wand über dem Tisch hing ein Foto von Baby Ophelia, das sie bei der Arbeit an einem modernen Schreibgerät zeigte. Dieses Foto war fast der einzige Wandschmuck; es gab noch ein Bild, welches neben der Tür hing, so daß man es nicht gleich bemerkte. Das Bild war eine Reproduktion. Ich sah da eine Frau auf einem Stuhl.

Die Frau war noch jung. Sie hatte eine Männerfrisur und trug einen viel zu breiten, schweren Anzug; der Stuhl, auf dem sie saß, war aus hellem Holzrohr mit geflochtenem Sitz. In den Fingern ihrer rechten Hand, die wie taub auf ihrem Schenkel ruhte, hielt die Frau eine Schere. Und um die Sitzende herum, auf dem Boden, in der

Luft und um die Stuhlverstrebungen gewickelt, war ein Wirrwarr von verschlungenen Strähnen und Fäden, dazwischen auch ein dicker Zopf, wohl ihre abgeschnittenen Haare. Aber wie nach einem Gemetzel kam mir das vor; über allem war noch eine Notenzeile und ein spanischer Text. Ich trat etwas näher. Die Frau sah links an mir vorbei. Trotzdem traf mich ihr Blick. Er war wie gebündelt, das lag an den zusammengewachsenen Brauen der Frau. Es war die ruhige, blanke Verachtung – als sei ich schuld an allem! Mit vier kleinen Stecknadeln war das Bild an die Tapete geheftet; es hing etwas schief, meinem Gefühl nach. Ich wollte das grad überprüfen, da hörte ich Baby Ophelia.

Sie kam laut die Treppe hinauf, sie wollte mich offenbar nicht überraschen. Und um kein besonderes Interesse zu zeigen, trat ich in die Mitte des Zimmers und guckte zum Fenster hinaus. Ich wandte mich ihr erst entgegen, als sie hereinkam. Sie warf die Tür zu im Lauf, ich machte einen Tanzschritt, um ihr auszuweichen; um davon abzulenken, tänzelte ich weiter. Doch das berührte sie nicht. Sie lief bis zum Bett, sie stieß die Nilpferde um. Ich ging nun ein Stück auf sie zu. Baby Ophelia trug eine Hose und ein Jackett. Ihr Gesicht wirkte fest. Sie hatte mehr Gesicht als ich, das sah man; falls wir Kinder zeugten, würden sich ihre Züge in den Gesichtern der Kinder

gegen meine behaupten. Wir standen uns jetzt gegenüber. Ich wollte ihren Namen aussprechen, aber sie begann mit der flachen Hand zwischen unseren Mündern zu fächeln. Daraufhin trat ich wieder vor das Bild. Ich fragte sie, wer das gemalt habe da, und sie sagte:
»A woman.«
Ich suchte nun die Signierung, gleichzeitig lauschte ich nach hinten. Sie schien sich auf ihren Bettrand zu setzen. Auf dem Bild war ein Stück übermalt; da ich die Signierung nicht fand, nahm ich an, daß sie auf diese Weise ausgelöscht worden war. Aus Versehen, vielleicht auch mit Vorsatz: es interessierte mich nicht. Ob mir ihr Zimmer gefalle, fragte Baby Ophelia. Ich stemmte meine Hände in die Hüften, ich antwortete, sie habe da eine nette Versammlung auf ihrem Bett. Wie in einem Kinderzimmer ... Aus dem Erdgeschoß drang ein Murmeln herauf. Der Singvogel stieß wieder seine Tonleiter aus. Ich hörte meinen Magen. Wenn wir zusammenzögen, erwiderte sie, würden die Sachen in einer Kiste verschwinden. Bis auf die Tiger. Ich schüttelte den Kopf. Auch die Tiger, sagte ich, seien nichts für mich, ebensowenig wie dieses Bild. Da kam etwas geflogen, es prallte gegen die Wand.
Es war das Krokodil; unweit von meinen Füßen fiel es zu Boden. Ich sah erneut auf das Bild. Eigentlich gefiel es mir ja, doch mehr für mich. Ich

rief nach hinten, die Frau, die das gemalt habe, sei etwas verrückt, da prallte der Zwerg an die Wand. Kurz darauf begann sie leise zu weinen. Ich hörte das an den quirligen Geräuschen des Speichels, den ihr stoßhafter Atem aufrührte. Marlies hatte genauso geweint. Und auch andere Frauen, die es mit mir zu tun gehabt hatten, es war fast ein bißchen verhext. Ich hatte dieses gebremste Weinen noch nie besonders gemocht, außer wenn es aus Rührung geschah. Natürlich war das nicht so oft der Fall gewesen, denn ich bin kein ausgesprochen rührender Mensch. In den wenigen Fällen aber hatte man dann gemeinsam ein paar Tränen vergossen, daran erinnerte ich mich nicht ungern. Doch Baby Ophelia weinte für sich, das hörte man gleich. Nach einer Weile sagte sie, ich liebte sie nicht.
Darauf bewegte ich den Kopf hin und her, was nicht Ja und nicht Nein heißen sollte. Doch für sie schien alles klar zu sein; sie schlug mir vor, nach unserer Heirat in Deutschland zu leben, und ich rief, »No«, der Negerjunge kam geflogen. Damit es sich nicht häufte, hob ich ihn auf, und weil ich in Bewegung war, drehte ich mich auch gleich herum. Baby Ophelia hielt die Prinzessin. Sie verdrehte ihr langsam den Kopf. Sie tat das ruhig, als sei sie nur darauf bedacht, den Kopf möglichst gut zu verdrehen. Ich sagte ihr, so werde sie ihre Prinzessin wohl töten, und sie lä-

chelte mich an. Darin sah ich eine Brücke und ging bis zum Bett; sie warf die Puppe fort und scharte die Tiger um sich, sie lächelte noch immer.

Ich suchte in ihrem Gesicht nach den Spuren der Tränen. Aber die feine Schminkschicht war nirgends versehrt. Das erbitterte mich etwas. Ich ließ den Negerjungen fallen und erklärte, ich müsse erst mal alleine nach Deutschland, das habe berufliche Gründe. Außerdem hätte ich nicht mehr viel Bargeld bei mir. Worauf sie sagte:

»My brother will give you.«

Von unten war wieder das Murmeln zu hören. Der Singvogel pfiff seine Leiter. Durch das Fenster über dem Bett fiel jetzt Sonne. Mir wurde warm und langweilig. Doktorspiele an endlosen Nachmittagen fielen mir ein. Ich entsann mich milder Fäulnisgerüche, auch eines zugeschliffenen Stöckchens. Unwillkürlich wand ich mich etwas. Es war nicht mehr als ein Schauern im Kreuz, aber Baby Ophelia schnappte es auf. Sie ließ ihre Männerhose bis zu den Fersen hinunter, die kleine andere Hose rutschte mit. Dann stieg sie mit einem Fuß aus beiden Hosen heraus, ich sah ihren Damm; hätte die Treppe geknarrt, wäre sie im Nu wieder angezogen gewesen. Das war durchtrieben und gefiel mir. Ich kniete mich vor ihr nieder, sie nahm meinen Kopf. Sie zog ihn

herunter, ich roch ihr Geschlecht. Damit war alles zu Ende. Sie war in einer Reihe mit Marlies, mit unseren letzten, quälenden Malen. Ich befreite meinen Kopf. Ich richtete mich wieder auf. Ich dachte jetzt nur noch an das Porträt. Es müßte von großer Klarheit zeugen. Es dürfte keinen Einwand mehr geben. Eine einzige unsaubere Formulierung wäre zuviel. Alle Worte hätten Sinn zu haben. Das Ganze sollte durch und durch notwendig sein. Das überlegte ich mir und sah sie auch noch, aber schon etwas entfernt. Meine Gedanken drehten sich wieder um mich. Ich hörte, wie sie meinen Namen rief.
Es gehe jetzt nicht, sagte ich, sie wollte wissen, warum. Ich wechselte das Thema. Ich kam auf ihre Wellen zu sprechen. Wir könnten baden gehen, schlug ich vor, sie lächelte noch einmal. Das mit den großen Wellen sei lange her, sagte sie. Sie rede nur gerne davon. Wir redeten doch beide gern . . .
Ich schüttelte den Kopf. Sie hatte wieder diesen Sprung im Blick. Ich fragte mich, wie sie sei, wenn sie nicht wäre, wofür ich sie hielt, nämlich für dumm. Und ich sagte, nein. Nein, ich müsse unbedingt nach Deutschland, man erwarte schon meinen Bericht. Zu Problemen der Air Force. Ein paar Tage hätte ich zu Hause zu tun, dann sehe man weiter. Ich würde ihr schreiben, das sei keine Frage. Ich steckte eben im Beruf, das sei der

eigentliche Jammer. Ihr Leben und mein Leben seien nicht zu vergleichen. Sorry ...
Baby Ophelia schloß ihre Beine und bedeckte die Scham. Dann schlug sie mir mit der anderen Hand ins Gesicht. Es war mehr eine Geste, so wie man früher Genugtuung erzwang; es war auch, als wolle sie ihre Kräfte aufsparen. Sogar ihr Lächeln hatte sie noch beibehalten. Ich sah auf die heruntergelassenen Hosen, und sie verbarg sie unter einem Stück Decke. Gleichzeitig sagte sie, »Go«, und ich ging aus dem Zimmer. Ich ging die Treppe hinab, eine Hand am Geländer, und trat auf die Straße hinaus. Ich zitterte etwas.
Die Straße war leer, es liefen nicht einmal Hunde herum. Ich machte ein paar rasche Schritte. Da die Sonne lichterloh schien, hielt ich die Hände über die Stirn. Es war Anfang Juli, mir war plötzlich nach Urlaub. Ich wollte ans Wasser. Daß sie nur aufgeschnitten hatte mit den Wellen, war mir peinlich, als hätte ich selbst aufgeschnitten. Ich wollte auch bloß ans Meer, um die Weite zu sehen und am Hafen zu sitzen. Daran dachte ich, und auf einmal fuhr ein Auto neben mir her. Es war ein großer, amerikanischer Wagen, er berührte hinten fast den Asphalt. Die Fenster waren heruntergekurbelt, der Fahrer hatte eine Hand auf dem Dach. Zwei Ringe glänzten in der Sonne.
Ich ging nun etwas langsamer, der Wagen blieb auf gleicher Höhe. So begleitet zu werden, war

kein Vergnügen. Es war eine unfaire Sache. Wäre ich gerannt, wäre der Wagen in jedem Fall schneller gewesen. Daher blieb ich stehen, und Emiliano hielt an. Er beugte sich zum Fenster hinaus, ich erschrak. Er trug eine Sonnenbrille mit Gläsern, die nicht größer waren als die Augen. Es war, als schaute ich in seine Höhlen; ich konnte mir jetzt nicht mehr denken, daß er etwas anderes vorgehabt hatte, als mich zu sehen. Er fragte, ob er mich mitnehmen könne, er müsse zum Hafen, und ich sagte, zum Hafen, das sei mir recht.

Im Wagen lief Musik, es war eine Kassette, es sang ein Mann, ich erkannte die Stimme, es war Dean Martin. Geruch von aufgeweichtem Teer stieg mir zu Kopf. Ein leichter Wind war aufgekommen. Eine Wolke unterbrach den Sonnenschein. Es war sehr ruhig um uns herum. Es war die Scheide zwischen frühem Nachmittag und späterem, es war wie als Kind in den Feldern, Jesu Schäflein lag mir im Ohr. Emiliano gab mir ein Zeichen, einzusteigen, und ich lief um den Wagen herum. Er stieß die Türe auf, ich sank in den Sitz, er griff hinüber und zog die Tür wieder zu; dabei fuhr er schon los.

Er fuhr so, wie die Straße es zuließ, er verschenkte keine Kurve. Als eine Ampel kam und er anhalten mußte, stellte er die Musik etwas leiser. Dann bot er mir von seinen Zigaretten an und fragte mich, was ich von Hitler halte. Er gab mir

Feuer, ich rauchte. Seine Frage beschäftigte mich. Wahrscheinlich war sie ein Test. Ich wartete, bis die Ampel auf Grün sprang. Und während er alle vor ihm Gestarteten überholte, sagte ich, Hitler sei ein Verrückter gewesen. Emiliano wiegte den Kopf; durch ein Reißen am Lenkrad vermied er es, spielende Kinder zu überfahren. Der Wagen brach aus, ich wurde an seine Schulter geworfen. Verrückt sei doch jeder, sagte er im Moment der Berührung. Die Fliehkraft warf mich auf die andere Seite, ich sah aus dem Fenster. Die Hafengegend begann. Es war ein ziemlich öder Hafen, die Schiffe sahen alle gleich aus, sie waren weder groß noch klein; Container nahmen die Sicht auf das Meer.

Emiliano fuhr jetzt gemächlich. Er schaute umher, als sei er zuhaus hier. Dann hielt er überraschend an. Wie dunkel es geworden war, fiel mir auf. Die Sonne war verschwunden, Gewitterdrohung lag als hartes Licht auf den Lagerhäusern und Kränen, schon zerplatzten einzelne, schwere Regentropfen auf der Karosserie. Ich kurbelte das Fenster hoch und drückte meinen Kopf an die Scheibe. Der Druckschmerz tat mir gut. Aus den Regentropfen wurde rasch ein Wolkenbruch, der das Wageninnere in Halbdunkel hüllte. Ja, sagte ich, verrückt sei jeder, worauf er lächelte; lächelnd fragte er:

»You love Baby Ophelia?«

Ich lauschte der Musik. Dean Martin sang Corina, Corina. Der herabstürzende Regen umgab den Wagen jetzt völlig. Dadurch entstand eine Intimität, wie sie vielleicht in einer Zelle oder auf einer Insel entsteht. Ich antwortete, ja, ich liebte sie schon, er wollte wissen, wie sehr.

»Hard to say . . .«

»Say it.«

Ich öffnete die Hände. Ich sagte, so sehr, daß ich sie wohl heiraten würde, falls er es zuließe. Und das wisse sie auch. Ich hätte es nur abgelehnt, mit ihr nach Deutschland zu ziehen. Sie gehöre doch hierher. Wenn da ein Mißverständnis aufgekommen wäre . . . Ich unterbrach meine Rede, ich überließ mich einem Strom von Gedanken. Die Idee der Heirat hatte jetzt etwas Kühnes erhalten. Ich stellte mir vor, Teil seiner Familie zu werden. Emiliano würde mir Arbeit besorgen, ich könnte ins Hotelfach wechseln. Irgendwann wäre ich dann Mexikaner und womöglich noch Korrespondent. Und meine Frau Ophelia wäre mir selbstbewußt hörig. Sie wäre das intelligente Weib meiner Träume. Würde sie schwanger werden, böte sie mir anstandslos ihren Mund, um nur das Kind nicht zu gefährden; unsere Gesprächsthemen wären vielfältig. Erst seine Hand auf meinem Knie setzte dem Strom ein Ende. Emiliano quetschte den Muskel an der Innenseite des Knies. Der Regen wurde schwächer, auf seinem

Handrücken lag schon die Sonne. Seine schwarzen Härchen und die abgestuften Töne der Haut und des Goldes ergaben Sinn in meinen Augen. Ich sagte mir, mit der Zeit würde sich auch meine Blässe verlieren, und ich wäre ein dunklerer Typ mit anderen Gewohnheiten, zum Beispiel Mittagsschlaf. Ja, ich hätte dann überhaupt erst Gewohnheiten anstelle der früheren Tics. Emiliano nahm die Hand weg und trat aufs Gas, ich spürte meine Trägheit.

Er stellte die Musik wieder laut, er raste jetzt durch seine Gegend. Vor einer Bushaltestelle bremste er scharf. Von hier aus, sagte er, gehe ein Bus zum Hotel. Das Splendid Meyer sei doch mein Hotel. Ich nickte, und er fragte nach der Zimmernummer. Er rufe mich vielleicht mal an. Ich nannte die Nummer, er entschuldigte sich, daß er mich hier absetzen müsse. Aber er habe noch zu tun in der Nähe. Ich sagte ihm, das sei in Ordnung so, er winkte mir ab. Nein, es sei nicht in Ordnung, widersprach er, besser ich nähme ein Taxi, ich bräuchte nur bis zur Hauptstraße gehen, er zahle das gerne. Ich wollte verneinen, aber er holte schon eine Fünfhundertpesonote aus seinem Hemd, sie war mit Klebeband geflickt. Er drückte sie mir in die Hand, dann hob er einen Finger. Er sagte, er sehe mich wieder, und ich stieg aus dem Wagen.

Das Hinundhergerede hatte mich ermüdet. Ich

wollte weder mit dem Bus fahren noch mit dem Taxi; ich wollte mich bewegen. Ein feuchter Wind kam vom Meer, und die Sonne stach noch nicht wieder nach dem heftigen Regen. Ich lenkte meine Schritte so, daß sie mich möglichst von vorne beschien. Auf diese Weise wollte ich nebenher Farbe bekommen. Dabei ergab es sich freilich, daß ich von der geraden Straße abkam. Und ehe ich mich versah, hatte ich einen anderen Weg eingeschlagen. Aus halbgeöffneten Türen von Bars scholl mir Musik entgegen. Es war das sanfte Gestampfe im Rhythmus des Herzschlags, es war das endlose, gegliederte Fließen, das einen vergessen ließ, wer man war. What a Feeling, kam es aus einer der lichtlosen Türöffnungen, und ich ging hin.

Die Bar hieß Viking Club, ich sah eine Schulter im Eingang. Ich ging an ihr vorbei. Im Innenraum roch es nach Spray und einer alten Klimaanlage; es roch süß und metallisch. Ich trat an die Theke, ich bestellte ein Bier. Es spülte meinen trockenen Mund und gab mir das Gefühl, schon bei Tage zu trinken. Das war ein Hochgefühl, ich bestellte noch eine Flasche. Eine Frau nahm neben mir Platz. Die Schulter, die ich gesehen hatte, gehörte zu ihr; ich erkannte gleich die Rundung wieder. Dann fiel ein lärmender Pulk in die Bar. Es waren Marinesoldaten. Sie glichen den Soldaten vom Café Real, vielleicht waren sie es auch.

Sie tanzten um einen Kameraden herum, der einen kindersarggroßen Recorder im Arm hielt, sie schrien You really got me. Es waren ganz aus Rockmusik gegossene Kerle. Sie schwangen unsichtbare Lassos, sie rieben ihre Muskeln an den Muskeln der anderen; sie öffneten ihr Bier mit den Zähnen. Aus den Sitznischen kamen jetzt Mädchen, doch die Soldaten waren nur scharf auf sich selbst; sie fielen sich in die Arme oder umschlangen einander von hinten, sie machten sich Luft, bis ihre Kräfte erlahmten. Dann standen sie bloß noch herum und warfen traurige Blicke. Es waren traurige Blicke aufs andere Geschlecht. Und mit einem Mal verschwanden sie wieder, ich hätte in ihrer Haut stecken wollen. Die Frau neben mir sprach mich an.

Sie war eine Hure, was sonst. Sie fragte mich, ob ich mal mit ihr gehe, sie habe einen netten Raum hier. Und ich ließ mich gehen, ich sagte Ja. Ich bezahlte die Biere und folgte ihr nach. Sie teilte einen Vorhang, ich kam in einen Gang. Je weiter wir gingen, desto deutlicher wurde eine andere Musik. Es klang nach Evergreens. Die Hure öffnete eine Tür, sie hieß mich einzutreten, ich kam in eine Kammer. Hier solle ich warten, sagte sie und schloß die Tür von außen. Ich fand mich wieder.

In der Kammer stand ein Bett, auf dem Bett lag ein Handtuch. Es war von hellgrüner Farbe und so dünn, daß man das Muster der Matratze hindurchsah. Fadenscheinig, schoß mir durch den Kopf, und es freute mich, über diesen treffenden Ausdruck verfügen zu können. Die Tür bewegte sich, ich wechselte das Standbein, eine ältere Frau in einem weißen Kittel trat in die Kammer. Sie drückte die Tür wieder zu und sagte: »Inspection.« Danach zog sie einen Streifen Toilettenpapier aus dem Kittel und schlug sich die Blätter in der Art eines Fäustlings um ihre Hand. Es war klar, was sie wollte, und ich zeigte mein Glied vor. Sie nahm es in die umwickelte Hand und schälte die Kuppe, ich sah ihr ins Gesicht dabei. Es wirkte hart, es sah aus, als sei sie einem Denkmal entstiegen, es war nicht schön, wozu auch. Nur ihre Lippen fielen heraus. Sie waren breit und voll und vielfach fein gespalten. Die Frau bückte sich jetzt und beschaute die Ausgänge von nahem, und ich begehrte sie für diesen Augenblick. Es gab nichts auszusetzen; sie murmelte ein Wort, das irgendwie entlastend klang, drehte sich um und verließ mich. Und ich wartete nun, die geöffnete Hose in meinen Händen.

Im Gang waren Schritte zu hören, auch eine Männerstimme, ich zwang mich, nicht beständig auf die Klinke zu starren. Langsam wandte ich mich um und begegnete meinem Gesicht. In einer Ecke stand ein Spiegel auf dem Boden. Ich sah zum Heulen aus, fand ich, und mir fiel ein, daß ich mit der Hure ja noch keinerlei Vereinbarung hatte. Auf jeden Fall würde ich ihr den geflickten Fünfhunderter geben; den und dann noch mal so viel. Die Tür ging wieder auf, die Hure kam zurück. Sie riegelte ab, dann lief sie gleich zum Bett. Sie zog das Handtuch etwas höher. Ohne mich anzusehen, nannte sie ihren Preis. Er übertraf meine Erwartungen zwar, aber erschien mir nicht ungerechtfertigt. Ich gab ihr den geflickten Schein und einen neuen Tausender, und sie verstaute das Geld in einer Deponie hinter dem Spiegel. Anschließend begann sie sich mit dem Rücken zu mir zu entkleiden, ich zog mich ebenfalls aus. Ich war schon mehrfach bei Huren gewesen, es war fast immer das gleiche; was mich veranlaßt hatte mitzugehen, war wohl auch der Reiz dieser gewissen Abweichung gewesen, auf die ich jetzt gespannt war. Meine Kleidungsstücke legte ich auf das Fußende des Bettes, so an den Rand, daß sie mir nicht im Wege wären. Als ich fertig war damit, trat die Hure vor mich hin. Sie trug noch ihre Schuhe, die schwarz waren und mittelhohe Absätze hatten. Es war praktisches Schuhwerk, aber nicht ohne Chic.

Sie tätschelte mir kurz die Brust und legte sich dann flach aufs Bett. Sie fragte, ob es mir so recht sei, und ich bejahte das. Daraufhin zog sie ihre Beine an und nahm sie so weit auseinander, daß ihre halbhohen Schuhe mit Absatz und Sohle auf der Bettkante aufsaßen, fast so, als stehe sie darin. Und genau in dem Widerspruch zwischen ihrem Flachliegen und dem scheinbaren Stehen in den Schuhen erkannte ich in diesem Fall die Abweichung. Ich näherte mich nun dem Körper der Hure, und schon kam ihre Hand, um mich zu führen; gleichzeitig legte sie ihren freien Arm über die Augen. Es war dieselbe Art, in der sich Marlies in den Momenten des Liebesgenusses vor mir in acht genommen hatte. Ich blickte auf die Armbanduhr der Hure. Dort war es zehn nach drei.

9

Als ich ins Hotel zurückkam, war es viertel vor vier. Ich ging sofort aufs Zimmer. Die Vorhänge waren noch geschlossen, der Ventilator stand still, es roch nach überreifem Obst. Ritzi schien zu schlafen. Er lag gekrümmt im Bett. Nur ein Stück seiner Wange und ein paar Strähnen schauten unter dem Laken hervor. Das Haar war verklebt. Ich berührte das Stück Wange, ich fühlte sein Fieber. Ich blieb so stehen. Von der Straße drangen Stimmen herauf, ich hörte auch das Atia! Atia! Es wiederholte sich beständig und brachte mein Gefühl für die Zeit durcheinander. Dazu kam das Halbdunkel um mich herum. Ich glitt jetzt bis zu seiner Schläfe, ich spürte dort Puls. Mehr als auf die schwachen Schläge achtete ich auf die Intervalle, bis es mir unerträglich wurde, so teilzunehmen an ihm. Ich zog meinen Finger unter dem Bettuch hervor, und im selben Augenblick fragte er: »Ist es schlimm?«

Die Kopfhaut begann mir zu jucken, meine Ohrläppchen brannten; um irgend etwas Grobes zu tun, rammte ich meine Schuhspitze gegen den Nachttisch. Gleichzeitig sagte ich, »Nein, es ist nicht schlimm«, und er schlug das Laken zurück. Sein Gesicht war wie von Sonne verbrannt, die Augen tränten ihm; das Halstuch von Baby

Ophelia ließ mich an einen Notverband denken. Er sagte: »Guck nicht so, erzähl mir, was du gemacht hast den Tag lang.« Danach versuchte er sich aufzurichten, was ihm schwerfiel.
»Ich war bei einer Hure«, fing ich an. Ritzi nickte, und ich setzte mich hin. »Und vorher bin ich bei Baby Ophelia gewesen und hab ihr die Hoffnung genommen. Hinterher habe ich ihren Bruder getroffen und von Heirat gesprochen. Das war in seinem Wagen, einem . . .«
Er unterbrach mich. Er sagte: »Du hast einen Fehler gemacht. Es war nicht richtig, ihren Bruder anzulügen.« Seine Stimme war leise und fest; ich dachte mir, er könnte mich auch jetzt noch niederringen, wenn er es nur wollte. »Deswegen war ich ja bei dieser Hure«, erwiderte ich. »Es kam nicht mehr drauf an nach dem Gespräch mit Emiliano. Sie fragte mich, und ich kam mit.«
»Hat es dir Spaß gemacht?«
»Es ging bis zum Ende.«
»Und dann?«
»Bin ich weggegangen aus der Gegend.«
»Dir hätte auch was zustoßen können.«
»Was sollte mir zustoßen? Hast du Angst? Ich bin zehn Jahre älter als du. Das heißt was.«
»Zehn Sommerreisen mehr«, sagte Ritzi und begann dann zu husten. Er bäumte sich, ich warf ihm vor, daß er krank sei. Er solle lieber auf sich

achten als auf mich. Ich ginge jetzt und holte einen Arzt. Darauf ergriff er meinen Arm. Er zog mich heran, er sagte:
»Kein Arzt, niemand.«
»Warum nicht?«
Er schüttelte den Kopf, er erklärte mir, er werde von alleine gesund. Durch Schlaf. Dann bat er mich, ihm das Porträt vorzulesen. Einem Kranken vorzulesen helfe immer. Ich machte mich los und stand auf. Ich wollte es nicht. Die Sätze waren noch unschön, es gab noch immer keinen Titel, es gab keine Reinschrift. Ich spürte vor allem diesen Mangel an Form und empfand dabei Sehnsucht nach meinen vier Wänden zuhaus. Ich hatte da meine Porträts aufgehängt, jeweils die Seite ohne den Anzeigenteil, in einem Wechselrahmen mit entspiegeltem Glas. So konnte ich sie alle betrachten und beim Nachlesen die Fortschritte in meinem Stil überprüfen. »Woran denkst du grad?« fragte Ritzi, und ich sagte, »Nur so.«
Ich ging zum Fenster, ich zog den Vorhang ein Stückchen beiseite, er legte sofort einen Arm auf die Augen, so wie die Hure. Ich schloß den Vorhang wieder. Dann erklärte ich, es sei nicht gut für die Arbeit, wenn ich ihm jetzt schon vorlesen würde. Ich müsse erst alleine damit fertig werden. Ritzi mußte husten; hustend sagte er, er glaube mir nicht. Aber es sei recht so. Ich sei eben

ein unfreundlicher Mensch. Solche Menschen wehrten immer alles ab. Sie seien halt immer unzufrieden.
»Das stimmt gar nicht«, rief ich.
»Doch, es stimmt. Du bist nicht zufrieden, du bist nicht freundlich. Es strengt dich einfach an. Versuch mal zu lächeln.«
Ich durchquerte das Zimmer. Vor der Stelle, an die Baby Ophelia ihre Anschrift gekritzelt hatte, blieb ich stehen. Ich sah zur Wand.
»Du trainierst für einen Krieg«, sagte ich.
»Bin ich deshalb unfreundlich?«
Ich versuchte ihre Schrift mit Spucke aufzulösen, ein Fleck entstand. Seine Antwort ärgerte mich. Er kam mir wie sein Kommandeur vor. Der hatte beim Abschlußgespräch auf der Air Base gesagt, a' bissl Ritterlichkeit gehöre schon zu dem Job. Den Kollegen war das heruntergegangen, mir nicht. »Ritter Hiroshima«, hatte ich dazwischengemurmelt und war natürlich aufgefallen. Ich drehte mich um. Ich hielt ihm vor, nur ans Fliegen zu denken. Aber er trainiere darauf, den Tod durch die Lüfte zu tragen.
»Gewiß . . .«
»Und das noch lächelnd«, setzte ich hinzu.
»Weil ich weiß, wer ich bin, wenn ich fliege.«
»Und jetzt bist du krank.«
»Ach, stecks!« fuhr er mich an, und ich schwieg. Ich hatte diesen Ausdruck schon seit Jahren nicht

mehr gehört, ich nahm mir vor, ihn zu verwenden. Dann fiel mir Marlies ein. Am Ende unseres letzten großen Streites hatte sie geschrien: »Sei doch ein einziges Mal nur zufrieden!« Sie hatte in den ganzen Jahren nur zweimal richtig geschrien, und so war es mir im Gedächtnis geblieben. Ich kehrte zum Fenster zurück, ich zog den Vorhang wieder etwas beiseite. Im Fensterglas war meine Mundpartie zu sehen, ich versuchte zu lächeln. Doch wie sehr ich mich auch bemühte, erschien mir mein Lächeln immer ein bißchen vergiftet. Ich sah auf die Straße, ich sah hinüber zum Café. Ich dachte an den Jungen. Und während ich mir noch überlegte, wo er wohl steckte jetzt, begann Ritzi zu sprechen. Er sagte: »Du, ich hatte einen Traum vorhin, der war merkwürdig.«

»Nämlich ...«

»Meine Schädeldecke war geöffnet worden und man löffelte mir das Gehirn aus. Es war meine langsame Hinrichtung. Mein Kopf war in der Mitte eines runden Tisches, wo es ein verstellbares Loch gab, sorgfältig eingeklemmt, und das Stück Schädeldecke, das über die Tischplatte geragt hatte, war mir abgesägt worden. Dadurch lag meine Gehirnmasse frei und war gut erreichbar. Um den Tisch herum saßen die Richter, die auch die Scharfrichter waren. Komischerweise konnte ich sie sehen, obwohl ich ja unter dem Tisch war. Jeder hielt einen kleinen, silbernen Teelöffel in der

Hand. Ich sagte dann, ich bin jetzt so weit, und nun nahm einer nach dem anderen einen Löffel aus meinem Hirn. Ich spürte es, aber es tat mir nicht weh, so wie das Öffnen des Schädels nicht wehgetan hatte. Doch mit jedem Löffel verschwand ein Stück meines Lebens. Plötzlich wußte ich nicht mehr, wie man eine T-38 nach oben bekommt. Ich sah noch das Cockpit, aber konnte nichts damit anfangen. Ich wußte nur noch, daß ich das alles mal im Kopf gehabt hatte, und litt, weil es weg war. Und dann verschwand auch dieses Leiden. Die gesamte Fliegerei war gelöscht, selbst das Gefühl, daß etwas fehlte. Mit dem nächsten Löffel ging der Schwarzwald. Ich sah noch ein Tal, ich wußte, ich kannte das Tal, nur es bedeutete mir nichts mehr. Mit meinem ganzen Willen brachte ich es noch zusammen, daß es mir viel bedeutet hatte; da war ein Schmerz, bloß wußte ich nicht, wo er herkam. Ich versuchte mich hineinzustürzen in diesen Schmerz, und einen Augenblick später war mir auch das einerlei. Wieder streckte einer der Männer den Arm aus, wieder tauchte ein Löffel in mein Bewußtsein. Ich spürte, wie die Zeit mit meiner Freundin angehoben wurde, ich wollte ihren Namen schreien, im nächsten Moment wunderte ich mich über meinen aufgerissenen Mund. Die Männer am Tisch verwandelten sich nun in hohe Offiziere und begannen schneller zu löffeln. Dabei kamen sie sich ins Gehege, immer wieder tropfte was von meinem laichgrauen Hirn auf den Tisch. Ich konnte nur noch ahnen, was gerade dran war, es wurde dann ringsherum etwas kühl, und das Wort dafür schoß mir als Bild durch den Kopf. Ich glaubte es noch zu wissen, da war schon Nacht draus geworden, und es ging weiter. Am Ende gab es nur noch meinen Namen, aber das reichte mir aus. Ich konnte noch alles verfolgen, ich hatte keine Angst. Ich sah, wie der Ranghöchste am Tisch, ein General mit fünf Sternen, sich etwas vorbeugte, um den letzten Löffel zu nehmen. Und in dem Moment begriff ich, daß es jetzt gleich aus wäre mit mir, und ich versuchte meinen Kopf aus der Klemme zu reißen. Da wachte ich dann auf, und spürte deinen Finger an der Schläfe.«

Ich wandte mich dem Bett zu. Der Lichtarm, der durch den Vorhangspalt fiel, trennte uns sanft. Ritzi hatte sich das Laken über die Schultern gezogen, seine Zähne schlugen leise aneinander. Das klang so, als würde in einiger Entfernung ein Kieselstrand unterspült. Er fragte mich:

»Warum bin ich krank?«

»Du hast dich angesteckt bei mir.«

Er schwieg und wühlte mit beiden Händen im Haar. Dann griff er einen Zipfel des Halstuchs und wischte sich über Wangen und Kinn. Ich setzte mich erneut auf den Bettrand. Einige Stoff-

fäden waren an den Bartstoppeln hängen geblieben. Er entwirrte sein Haar, er strich es zurück, ich sah den geraden Haaransatz. Eine Art Nebel lag jetzt auf seinen Zügen. Das Gesicht war nicht mehr rot, sondern wie farblos, in den Augenringen hatte sich der Schweiß gesammelt, die Fäden an den Stoppeln waren alle gleich gekrümmt. Es war ein männlicher Nebel. Er legte den Kopf in den Nacken, er fing an zu husten, es schüttelte ihn. Als er wieder Luft hatte, sagte er, wenn er sich angesteckt habe, sei es nicht seine Krankheit ... Ich ging zum Waschbecken und benetzte ein Handtuch. Ich machte mir jetzt Sorgen, auch wegen dieses Traumes. Ich wollte ihm das Handtuch auf die Stirn auflegen, er stieß mich zurück. Ich rief: »Was soll das, du hast Fieber, es ist deine Krankheit. Du bist geschwächt.«
»Bin ich nicht«, sagte er und stieg aus dem Bett. Er ging bis zur Tür und kam auf demselben Weg wieder. Eine Körperlänge vor mir blieb er stehen. Ohne Schuhe wirkte er etwas kleiner als ich. Er stand in einer Grundstellung da, die Füße nebeneinander, die Zehen auf gleicher Höhe, die Beine durchgedrückt. Ich hob meinen Blick. Seine Hals- und Schultermuskeln schienen ineinander überzugehen. Zusammen mit den Nackensträngen bildeten sie einen Block. Ritzi schloß die Augen, dann ließ er sich nach vorne fallen. Er fing sich mit den Händen ab und ging in einen

Liegestütz. Er knickte die Arme und streckte sie wieder, er bat mich, mitzuzählen.
Ich schlug einen Bogen um ihn, ich lief zum Waschbecken. Dort zog ich mir das Oberhemd aus und begann meine Zähne zu schrubben. Ich sah und hörte nichts mehr, außer dem Krach in meinem Mund. Ich schrubbte sie gründlich und spie lärmend den Schaum aus. Dann schnaubte ich mir auch noch die Nase ins Becken und klatschte mir das Wasser ins Gesicht, es spritzte nach links und nach rechts. Es war wie zu Hause, in meinem eigenen Bad: Es gab nur mich. Erst als ich die Hähne zugedreht hatte, nahm ich den Wärmeschild in meinem Rücken wahr. Er hatte sich über meinen gekrümmten Körper gebeugt, mit den ausgestreckten Fingern stützte er sich an der Wand ab; Schweißtropfen fielen auf mein Kreuz und rannen in Fäden das Rückgrat herab. Ich fragte ihn, ob er schon fertig sei mit seinen Übungen . . .
»Du verstehst gar nichts«, gab er zur Antwort.
»Und wieso?«
»Weil du alles gleich verwendest. Du bist ein Verwender. Du bringst es kaum fertig, etwas nicht zu verwenden. Das wär ja unerträglich.«
Ich stand ganz unbeweglich da, um ja nicht an ihn zu geraten. Ich überlegte mir eine Entgegnung. Prinzipiell waren mir die Vorwürfe bekannt.

Marlies hatte einmal gesagt, ich sei gar kein Mensch. Wir hatten das dann friedlich geklärt – ich sei eben blind für andere, außer in meinen Porträts. Und im Laufe der Zeit war es mir möglich geworden, derartige Vorwürfe durch leichte Korrektur, manchmal nur durch das Ersetzen eines einzigen Wortes, zur Selbsterkenntnis zu erklären, was sicher menschlich war.
Noch immer stand ich unbeweglich. Ich rechnete mit ihm in jedem Augenblick. Als er sich dann auf mich senkte, war ich nicht überrascht. Seine schweißbedeckte Haut haftete sogleich an meiner, die Temperatur auf meinem Rücken stieg sprunghaft an. Es war, als ob sich eine Frau von hinten an mich schmiegte; Haut war Haut, da gab es nichts zu wollen. Dann kamen seine Hände. Sie strichen über meinen Magen und kreuzten einander, die Fingerkuppen begannen Rippen zu zählen, es war mir nicht unangenehm. Ich sah an mir herunter. Es waren männliche Hände, da gab es auch nichts zu wollen. Die Adern traten stark hervor, die Daumen waren kurz und breit, die Nagelbetten standen etwas über. Es fiel nicht schwer, sie mir als meine Hände vorzustellen. Ich wußte, wie sich ihre Kraft mitteilte, wenn sie vollgepumpt waren mit Blut. Ich wußte, wie man ihre Müdigkeit empfand, wenn die Faust nicht mehr schloß. Ich wußte, wie sich ihr Verlangen anfühlte, wenn die Hierarchie der Finger in Kraft

trat. Es waren brüderliche Hände. Sein Atem traf mein Ohr. Ich glaubte, mit jeder Sekunde zu altern, so strengte die Umarmung mich an. Sie zerrte mir an den Nerven, dazu kam das Schweigen. Es war wie eine dritte, unerbittliche Person, die unseren Atem überwachte; hob sich seine Brust, hob sich auch meine, sein Gewicht auf mir blieb gleich. Ich spürte es deutlich, ich richtete meine Gedanken darauf; ich bot ihm Halt. Dagegen gab es nichts zu sagen, war er doch schwach. So lagen die Dinge, so hatte ich sie immer gesehen. War Marlies verzweifelt gewesen und nicht mehr imstande, andere Beweismittel gegen mich anzuführen als ihre Verzweiflung, hatte ich stets versichert, daß ich sie liebte. So hatte ich ihr Halt gegeben. Natürlich war ich mir jedesmal darüber im klaren gewesen, daß diese Formel auch ein Moment von Offenbarung enthielt, sei's drum. Auf der Straße schrie ein Kind. Es war ein Wutgeheule, und ich fühlte mich dem Kinde verbunden. Als es unerwartet abbrach, sagte Ritzi, »Ja, ja«. Er sagte es in einem Zug, ich konnte nichts heraushören. Ich fragte ihn daraufhin, was er wolle.
»Schlafen.«
»Dann schlaf.«
»Und was machst du?«
»Ich schreibe das Porträt um.«
Er löste sich von mir, er ging weg. Im Spiegel sah

ich, wie er aufs Bett fiel. Ich fragte: »Kann ich etwas tun für dich?« Er vergrub sein Gesicht und erkundigte sich durch die Hände, ob von den Kapseln noch etwas da sei. Ich verneinte das, und er sagte: »Dann hol mir das gleiche, es kostet nicht viel.« Ich drehte mich um. Der Lichtarm war vom Boden verschwunden, ein Wandabschnitt glühte dafür; noch eine Viertelstunde, und es würde finster sein. »Du brauchst etwas Stärkeres«, sagte ich und zog mir mein Hemd wieder an. »Es geht dir schlechter als mir. Ich werd jetzt was besorgen.«

»Nein, wart noch«, bat er mich.

»Und worauf?«

»Bis es ganz dunkel ist. Bitte.«

Das überraschte mich. Ich sah in dem Wunsch eine Schwäche. Ich fragte ihn, warum er das wolle, er sagte, er wisse es nicht.

»Weil du Angst hast.«

»Wovor?«

»Vorm Dunkelwerden.«

Er preßte jetzt die Handballen an die Stirn, sein Mund war weit geöffnet, aus den Augenwinkeln kamen fächerförmig Falten. Er tat mir leid. Aber ich wollte es wissen. Ich wollte seinen wunden Punkt, ich wollte ihn zum Titel machen. Ich rief, »Ist es so oder nicht?«, doch es gab keine Antwort. Da ging ich zum Bett. Ich überlegte, ob ich ihn zudecken sollte, ich sagte mir, nein. Er nahm die Hände vom Gesicht, mir war, als freue er sich, mich zu sehen. Das ließ mir keine Ruhe, und ich fragte, er antwortete, ja. Ja, er freue sich, mich zu sehen, und das freue ihn nochmals. In den letzten zwei Jahren habe er viele Mädels gehabt. Er habe immer gewußt, was sie wollten, es habe keine Probleme gegeben. So sei Fliegen immer spannender gewesen. So habe er sich nur aufs Fliegen gefreut. Bis ich dann aufgekreuzt sei. Zufällig. Oder.

»Mehr oder weniger«, sagte ich.

Das Glühen auf dem Wandabschnitt war weg; das Licht im Zimmer reichte, um seinen Blick zu erkennen. Er ging hin und her. Erst heute abend, fügte Ritzi hinzu, sei es auch so wieder spannend gewesen. Ich nickte. Ich versuchte meine Fingergelenke knacken zu lassen. Ich sagte: »Weil du Fieber hast.« Daraufhin meinte er, ich sei dumm. Nicht geistig dumm, denn ich sei ja gebildet, aber eben dumm. Er sagte das fast liebenswürdig, was mich mehr als seine Anklagen ärgerte. Ich holte mein Notizbuch. Ich schlug es auf und schrieb ein paar Worte, nur um die Bewegung des Schreibens zu haben. Ich schrieb: »Landzunge, Gleiskörper, mannigfaltig, Schelte, Takt, durchkämmen, Trauung, Neige, Tau.« Es war so eine kleine Übung, um meinen aktiven Wortschatz zu sichern.

»Willst du dir nicht Licht machen?« fragte er.

»Ich sehe genug.«
»Und was hast du geschrieben?«
»Nichts.«
»Du hast neun Worte geschrieben.«
»Aber ohne Sinn.«
»Das glaube ich nicht.«
»Weil du mich überschätzt. Sag, was du findest an mir.«
Sein Husten brach wieder aus, Blut schoß ihm in die Wangen, hustend stieß er hervor, er wisse es nicht. Ich schwieg, und er fügte hinzu: »Nicht genau . . .«
»Weil du es nicht genau wissen willst.«
Er schüttelte den Kopf, er rang nach Luft. Ich steckte das Notizbuch ein und behauptete, eine Art Schlußwort geschrieben zu haben, über ihn. Ritzi bezwang seinen Hustenanfall. Wenn ich wieder da sei, sagte er, werde er es ganz genau wissen. Danach legte er sich auf den Bauch und rückte das Halstuch zurecht. Trotz der Düsterheit waren die Farben gut zu erkennen; ich ging rückwärts zur Tür, ich sah in meinen Taschen nach, ob ich genügend Geld bei mir hätte. Die Leuchtschrift flammte auf, Ritzi drückte das Gesicht ins Kissen. Ich rief, »Ich geh jetzt«, und er bat mich, eine Cola mitzubringen. Dann sagte er noch, ich solle die Tür richtig schließen. Wenn ich aufs Klo ginge, schlösse ich nie die Zimmertür hinter mir. Ich versprach es ihm und zählte noch

einmal das Geld. Der Schein des O fiel bis in meine Ecke. Er lief übers Bett und den gekachelten Boden, er lag als bläuliche Glasur auf dem Körper im Bett; von den Schulterblättern abwärts zeichnete er alles weich. Ich stopfte das Geld in mein Hemd, ich sah mich da liegen; ich machte, daß ich wegkam.

Draußen war es windig und schwül. Beim Gehen dachte ich daran, etwas Kleines zu essen und dazu ein Bier zu trinken. Worauf es mir ankam, war das eiskalte Bier. Ich wollte das Löschen des Durstes auf jeden Happen. Und während ich nach einer Apotheke suchte, hielt ich auch Ausschau nach einem Lokal. Ich dachte an einen Imbiß im Stehen; das Stehen sollte mich vor schlechtem Gewissen bewahren. Natürlich erst, nachdem ich das Medikament besorgt hätte. Ich wollte meinen Durst in Ruhe löschen, wenn ich schon nicht säße beim Trinken. Danach würde ich die Cola kaufen und für mich noch eine Büchse Bier. Es wäre dann so, daß ich eigentlich nur nebenbei etwas für ihn erledigte, ich erführe nicht das Gefühl einer Einschränkung durch seine Krankheit. Ich kam dann noch auf den Gedanken, mir Vitamintabletten zu besorgen. Ich wollte meine Abwehrkräfte stärken.

Schon von weitem sah ich das Schild Farmacia. Ich sah es zwischen anderen Schildern, hatte ich doch durch mein Elternhaus ein feines Gespür für alle Zeichen einer Stadtapotheke. Meine Kenntnisse über Arzneien waren dagegen gering. Sie lagen unter dem Durchschnitt, was meinen Vater nach wie vor beleidigte. Dafür wußte ich aber genau, wie sich Apotheker hinters Licht führen ließen. Ich kannte die Schwächen der Apotheker; ein rezeptpflichtiges Antibiotikum zu erhalten, war für mich kein Problem. Das war die Schule meiner Kinderstube, die ständige Rede der Eltern, ihr ewiges Geschwätz. Ich trat durch die offene Tür.

In dem Laden bediente ein Mann, er hatte nichts von meinem Vater. Während ich mit englischen Brocken auf ihn einredete und Gesten vollführte, nickte er ständig. Er verschwand dann ohne ein Wort und kehrte mit einer kleinen, gelben Schachtel und den Vitamintabletten zurück. Das werde helfen, sagte er und schrieb den Preis in die Luft. Es kostete eintausendfünfhundert Pesos, so viel wie die Hure. Nachdem ich gezahlt hatte, warf ich noch einen Blick auf den Mann. Es war ein stiller Apotheker. Daß er auch auf mich hereingefallen war, enttäuschte mich etwas, bei allem Triumph.

Als ich wieder auf die Straße kam, schien mir das nächtliche Leben auf seinem ersten Gipfel zu sein. Über dem Geschrei der Losverkäufer und dem Brausen der Autos lag scharfer Küchengeruch; die Menschen auf den angestrahlten Filmplakaten sahen aus, als lebten sie wirklich; Mädchen gingen eingehakt, drei, vier, fünf nebeneinander; aus Kassettenständen klang das Lied der Saison. Ich atmete tief ein. Die Luft war wie gefettet. Sie war so durchstrichen von verschiedenen Düften und Tönen, daß sich in mir ein Gespür für die Hunde einstellte, für ihre Wege zwischen den Passanten, für ihr Wittern und Streunen. Vor einer Kreuzung stieß ich dann auf einen Schnellimbiß. Man konnte dort an einer Theke stehen, halb im Freien, und Hamburger essen. Ich stellte mich hart an den Rand, die Flanierenden streiften mich fast; ich verlangte ein Bier und einen Burger mit Käse. Die Cola und das andere Bier wollte ich erst vor dem Weggehen haben, damit die Sachen dann noch kalt wären im Hotel. Solche Überlegungen waren mein Fleisch und mein Blut, sie waren es gewesen, solange ich zurückdenken konnte; sie sicherten mir ein gewisses Quantum an Glück, zum Beispiel durch eiskaltes Bier. Eine Frau trat an den Nebenplatz.

Die Frau war älter als ich, sie hätte meine Mutter sein können. Sie blätterte in einem deutschsprachigen Führer. Kaum daß sich unsere Blicke gestreift hatten, fragte sie mich, »Are you German?« Ich fand das indiskret, schüttelte aber den Kopf. Darauf fragte sie, »American?«, und ich merkte, wie ich anlief. Um einen Amerikaner zu spielen, reichten meine Kenntnisse nicht, und für meine Lüge gab es keinen vernünftigen Grund. Ich wünschte mir, die Frau fiele tot um, es wäre die perfekteste Lösung gewesen. Doch sie sah mich neugierig an, und ich sagte ihr auf Englisch, mit bizarrem Akzent, daß ich aus Bulgarien käme; daß sie Bulgarisch sprach, schloß ich aus.

Oh, Bulgarien, begann sie zu schwärmen, aber schränkte gleich ein – und da könne ich so einfach reisen ... Ich erzählte, ich sei Journalist, von ihr erfuhr ich, daß sie als Souffleuse arbeite, und nun drohte ein Wort das andere zu geben. Daher stopfte ich mir den Mund mit Hamburger voll. Ich fraß wie ein Schwein, um nicht sprechen zu können. Sie fragte, ob ich aus Odessa käme, und ich sagte ihr malmend, das liege nicht in Bulgarien, sei aber eine recht hübsche Stadt. Daraufhin wollte sie wissen, wie es so zugehe dort, ob es eine echte Hafenstadt sei, mit Nachtbars und so weiter ...

Ich schluckte den gesamten Hamburgerbrei und trank kräftig nach. Dabei stellte ich mir vor, mit ihr zu schlafen. Es hätte wohl nur einer Bemerkung über die geheimen Bordelle Odessas bedurft, und die Angelegenheit wäre von alleine gelaufen. Die Frau pustete auf ihren Handrükken; er war mit meinem Oberarm in Berührung gekommen. Dieses Pusten wie nach einer Versengung gefiel mir, ich schaute sie jetzt an. Sie hatte ein rundes Puppengesicht mit einem Muster aus schönen, fast kalligraphischen Falten. Ich sah darin die Spuren eines beständigen, wahllosen Mitleids. Keine Frage, sie brauchte wohl einen wie mich. Und für Augenblicke stand es fast auf der Kippe. Dann sagte sie, ihr Name sei Bille, und ich stellte mich mit Bibikoff vor. Das war mir durch den Kopf geschossen, zusammen mit Bildern ihres Gesichtes in den Sekunden der Lust, sie als wächserne Fee, steif und hilflos. Ich versicherte ihr nun, wieder mit dem Hollywood-Akzent, daß in Odessa nachts alles tot sei. Gleichzeitig winkte ich der Bedienung. Ich ließ mir Bier und Cola kommen und zahlte dann alles, und die Souffleuse sagte, dann sei das ja ein Abenteuer hier für mich oder wie ... Ich zuckte mit den Achseln, ich ergriff die Büchsen und ging, sie rief mir ein Wort hinterher; möglich, daß es Armer hieß. Ich ging schneller und versuchte sie ganz zu vergessen. Sie sollte gar nicht dagewesen sein.

Ich wollte jetzt nur noch zurück. Dabei legte ich mir schon zurecht, was ich sagen würde, wenn ich das Zimmer beträte. Alles bestens, ich habe das richtige Mittel! Dann würde ich mich zu ihm setzen, zwei der Pillen auf seine Zunge legen, die Büchse Cola aufreißen, seinen Kopf mit einer Hand stützen und ihm den Rand der Büchse an die Lippen führen. Und danach nur noch ein einziges Wort – ich würde sagen: Trink. Ich trat ins Hotel. Die Rezeption war unbesetzt, nur ein Junge mit kurzen Hosen saß in der Halle. Ich nahm den Aufzug, weil er gerade da war. Im Aufzug hing ein Spiegel, ich zwinkerte mir zu. Als ich die Kabine wieder verließ, bemühte ich mich, leise zu sein, um ganz unerwartet ins Zimmer zu treten; ich öffnete auch leise die Tür. Im Zimmer brannte ein Licht. Es kam von der Nachttischlampe, sie war auf dem Boden. Ich lief sofort zum Bett, ich sah ihn da liegen. Er lag in seinem Blut. Er lag in einer solchen Lache von Blut, daß Laken und Matratze es gar nicht aufsaugen konnten. Dann sah ich seinen freien Nacken. Das Halstuch war weg. Ich wollte schreien, aber wußte nicht, was; ich wollte die Büchsen loswerden. Das Blut floß immer noch nach, es trat aus dem Rücken. Seine Hand ging auf und zu, er lebte. War die Hand halb geöffnet, schaute ein Geldschein hervor. Es war die geflickte Fünfhunderternote. Da begriff ich, daß mein Frieden zerstört war. Ich stellte beide Büchsen ab, ich richtete die Nachttischlampe auf.

Er würde sterben, das sah man. Ich beugte mich über ihn, ich zwang mich, auf seinen glitzernden Rücken zu schauen. Das Blut war überall. Es erstaunte mich, wie viel er davon hatte. Ich sprach ihn an, er versuchte mir das Gesicht zuzudrehen. Er flüsterte: »Der Armin läßt immer die Tür auf.« Aus seinen Nasenlöchern kamen rote Bläschen. Ich rannte zur Tür und warf sie ins Schloß. Dann suchte ich mit den Augen die Wunde. Ich wollte sie stopfen. Zwischen seinen Schulterblättern war eine durchgehende Zone von Blut, das nach allen Seiten hin abrann. Es rann in fadendünnen Bächen, es rann in handbreiten Strömen; das Gleichgewicht meines Lebens zerrann, ich rief, »Alles wird gut«, und verkrampfte Arme und Mund; ich rief auch noch, »Du wirst genäht, ich hole Hilfe ...«
Er unterbrach mich. Er versuchte seinen Kopf noch mehr auf die Seite zu legen, ich wagte es nicht, ihm zu helfen. Er wollte sprechen, die freie Gesichtshälfte fing an zu flattern. Ich kniete mich nieder. Mir war vor Mitgefühl ganz elend. Ich sah sein blickloses Auge. Es stierte wie das Auge eines Fisches. Die gezackte Ader darunter war fast verschwunden. Wo sie geklopft hatte, lag jetzt ein dunkles Bett. Von der Straße klang wieder das

Atia! Atia! nach oben. Ich konnte Menschen hören, die von all dem hier nichts ahnten. Daß ich ja der einzige Zeuge war, breitete sich auf einen Schlag in mir aus. Ich steckte ganz in meiner Haut, ich konnte nicht weg. Doch ich konnte auch nicht dulden, daß er starb. Er versuchte etwas über die Lippen zu bringen, ich hielt mein Ohr an seinen Mund. Aber es kam nicht, und ich fragte ihn, was passiert sei; ich fragte es, obwohl ich es wußte. Seine Finger richteten sich auf, er suchte mich. Ich nahm seine Hand, ich nahm seinen Kopf. Ich küßte seine flatternde Wange. Er versuchte meine Hand zu drücken, ich spürte seine ganze Schwäche. Daß er mir nun unterlegen wäre, dachte ich und zitterte im Rücken; meine Augen suchten wieder nach der Wunde. Das Blut trat aus der Mitte des Kreuzes, dort war ein Spalt. Er klaffte daumendick und lief gerade, er konnte nur von einem Messer stammen. Ich fragte, »War es der Bruder, war er es selbst?«, aber erhielt keine Antwort. Er versuchte wieder meine Hand zu drücken. Seine Schwäche flößte mir Grauen ein, ich fing an zu jammern. Jammernd rief ich, »Du stirbst nicht«, und raffte das Bettuch, um es auf die Wunde zu pressen. Dabei fiel mir ein Gegenstand in den Schoß, es war das Messer. Ich berührte den Griff, ich rieb über die Stelle. Es fiel mir auf die andere Hand, ich wischte es an meinem Hemd ab. Von der Klinge lief Blut, mir auf die Hose, ich fing an zu schreien. Ich schrie um Hilfe, ich merkte, wie mit jedem Schrei das Unheil wuchs. Ich schrie, bis ich mich selber hörte. Danach war es still. Sein Auge war auf mich gerichtet.

Die Wimpern waren immer noch gekrümmt. Ich suchte seinen Blick. Gleichgültigkeit und unbeschreibliche Angst hielten mich jetzt in der Schwebe. Ich fragte ihn noch einmal, was er an mir finde. Anschließend erschien mir die Stille noch größer als vorher. Aber seine Lippen bewegten sich wieder. Sie schmiedeten Worte. Ich ging so dicht mit meinem Ohr heran, daß die Lippen meine Muschel kühlten. Er flüsterte, »Schreib schön«, ich roch sein Blut. Ich schrie ihn an, »Bleib leben«, er spuckte dunkles Zeug. Da versuchte ich, die Wunde mit meinen Fingern zu stopfen, seine Nägel gruben sich in mein Fleisch. Er schnappte nach Luft, ich sah ihn verenden. Aber da war ich schon nicht mehr alleine.

Die Zimmertür war aufgeflogen, und ehe ich es richtig erfaßte, war das Bett von Menschen umstanden. Ich sah Koppelschlösser glänzen, ich sah schimmernde Stiefel, etwas Weißes schob sich zwischen ihn und mich, meine Arme wurden nach hinten gebogen; das tat weh, und ich konnte mich sammeln. Ich richtete mich auf und wurde gleich vom Bett weggezogen, die Lücke schloß sich. Ein Pulk umgab jetzt den Tatort, ich sah ein

Gefuchtel, es herrschte Befehlston. Dann legte sich ein Kranz um meine Handgelenke, und ich stellte mir vor, wie ich aussähe mit gefesselten Händen; es geschah etwas, das mir notwendig vorkam. Jemand drehte mich um, ich sah mich einem Mann in Uniform gegenüber. Seine Schulterstücke bestanden aus zwei gekreuzten silbernen Degen, er betrachtete mich kurz. Ich machte mir Gedanken über seinen Rang und versuchte ihm in die Augen zu sehen.

Er deutete einen Messerstich an und richtete den Zeigefinger dann auf mich; er fragte, »You?«, und ich schüttelte heftig den Kopf. Offensichtlich glaubte er mir nicht. Er hob eine Hand, zwei Polizisten traten auf mich zu, sie ergriffen meine Arme. Man wollte mich nach draußen führen, ich protestierte. Die Polizisten wendeten Gewalt an, ich schrie. Ich schrie, er sei verwechselt worden, ich hätte doch getötet werden sollen, ich und nicht er ... Ich schrie das auf Deutsch, und niemand verstand es, die Polizisten drückten mich vorwärts. Sie drückten mich aus dem Zimmer, ich sah Gesichter. Trauben von Neugierigen füllten den Gang. Da wurde mir alles egal, ich versuchte wie ein Mörder zu schauen. Dazu zerrte ich an meinen Handschellen, um ungebändigt zu erscheinen. Wir nahmen die Treppe, ich gab mir Mühe, nicht auf meine Füße zu achten. Ich suchte Emilianos Gesicht, ich glaubte, er

wäre noch im Hotel. Die Neugierigen traten schweigend zurück, als ich an ihnen vorbeigeführt wurde. Sie hatten wohl Angst. Je weiter wir nach unten kamen, um so mehr Schaulustige gab es. Und in der Halle konnten die Polizisten nur durch barsche Befehle eine Gasse erzwingen; mit der Entfernung vom Tatort verlor sich die Angst der Leute vor meiner Erscheinung, das fiel mir auf.
Genau vor dem Hoteleingang stand ein Fahrzeug der Polizei. Schräg dahinter wartete ein Krankenwagen. Der Abtransport des Verbrechers genoß also Vorrang, das fiel mir ebenfalls auf. Ich hörte eine Sirene. Es war nicht das Tatüü-Tataa, was mir vertraut gewesen wäre, sondern ein Alarmzeichen, wie ich es aus amerikanischen Kriminalserien kannte. Mein Schreck war gedämpft. Natürlich war die Menschenmenge dicht, und es gab jetzt auch Stimmen, leider verstand ich kein Wort. Um so aufmerksamer war ich mit den Augen. Manche Frauen hielten sich eine Hand vors Gesicht und sahen mich durch das Gitter ihrer Finger an. Haß, empfand ich, schlug mir nicht entgegen, nur kleine Wellen des Entsetzens. Dann drängte sich ein Fotograf vor. Ich zwang mich, ernst zu schauen, denn alles war ja ein tragischer Irrtum, ein doppelter genaugenommen. Falsches Opfer, falscher Verdacht. Aber das wußte nur ich.

Auch in dem Fahrzeug wurde ich in die Mitte genommen. Wir fuhren mit Heulton und kamen voran. Sobald es etwas langsamer ging, hämmerte mir das Geschehen im Kopf. Ich war dann wie besessen von Ritzis Tod, sein Name verformte jeden Gedanken. Dagegen standen die klaren Momente, wenn der Fahrer einen Wagen nach dem anderen überholte. Dann sah ich nur die Tragödie in allem. Leutnant Ritzi, der für mich gefallen war, so konnte man es auch betrachten. Nur galt ich als sein Mörder, was gar nicht so falsch war, wodurch das Tragische mich ebenso betraf wie ihn. Ich spürte das, und ich fühlte mich, wie man sagt; es war dieses Jetztfühlschdich, das man mir als Schulbub nachgerufen hatte, wenn mir irgendein Sieg zugefallen war. Die Polizisten schwiegen, das unterstrich den Ernst der Lage, ich saß ruhig in ihrer Mitte. Mit aller Kraft bemühte ich mich, offen zu sein für Verzweiflung.

Der Fahrer hielt vor einem angestrahlten Flachbau mit abgeplatztem Putz. Auf dem Dach wehte eine Fahne, vor dem Bau stand ein Antennenmast. Man half mir aus dem Fahrzeug und brachte mich dann gleich ins Innere. Ich kam in einen Gang, der mich an einen anderen Gang erinnerte. Im Haus der Breisgau Zeitung gab es im Keller ein verwinkeltes Magazin. Dort war unter anderem der Fotokopierraum, den ein Pensionär betreute. Er hieß Branzger, und niemand mochte ihn leiden. Man erzählte, er sei mit Herrn Übelacker um drei Ecken verwandt. Und als mir das wieder einfiel, fiel mir auch ein, daß mein Notizbuch noch im Hotelzimmer lag.

Am Ende des Ganges war ein einfacher Schalter. Hinter dem Schalter saß ein hohlwangiger Mann. Er trug eine schäbige Uniform, in seinem Gürtel steckte ein Knüppel aus Holz. Ich spürte, daß man mir die Handschellen abnahm. Ich bedauerte das einen Moment lang. Wehrlos fühlte ich mich sicherer. Im Falle einer Gegenüberstellung mit Baby Ophelia, hoffte ich, würde man sie wieder anlegen. Ich war entschlossen, ihren Namen zu nennen, um Emiliano zu treffen. Ich sah in ihm den Täter, so wie ich den Zuhälter in ihm sah; denn wie wäre er anders noch einmal zu seiner geflickten Fünfhunderternote gekommen. Die Polizisten schwatzten mit dem Mann hinterm Schalter. Dann sollte ich auf einmal meine Taschen leeren. Ich folgte dem Befehl, es kam nicht viel zum Vorschein. Das Medikament, die Vitamintabletten, ein paar Scheine, ein paar Münzen. Der Tascheninhalt mußte abgegeben werden, ich erhielt eine Quittung. Danach bekam ich ein Handtuch und wurde in einen Waschraum geführt. Dort hing ein Spiegel, ich erschrak.

An meinem Haar klebte Blut, auch mein Gesicht war beschmiert, sogar mein Hals. Wie ein Rest von ihm hafteten die Krusten an mir. Ich solle das wegwaschen, hieß es mit einer Geste, und ich hielt meinen Kopf unter die Leitung. Als das abfließende Wasser eine rötliche Tönung annahm, saugte ich es in den Mund, und Rotz und Tränen mengten sich auf meinen Lippen. Jemand drehte den Wasserhahn zu. Ich riß mir das Handtuch vom Nacken und rieb damit gegen mich an. Ich verstopfte mich geradezu mit dem Handtuch. Ich preßte es auf alle Öffnungen meines Gesichtes, bis nichts mehr herausbrach aus mir. Ich festigte mich wieder, ich nahm die Handtuchmaske ab. Vor mir stand der hohlwangige Mann. Er teilte mir ein Schaumstoffkissen zu und eine einfache Decke, beides wog in meinen Händen. Dann wurde ich in einen anderen Gang geführt, bis zu einer soliden Tür mit Spion. Der hohlwangige Mann schloß die Tür auf und knipste von außen ein Licht an. Ich sah in eine Zelle, ich sah ein gutes Dutzend Leiber. Sie lagen auf dem Boden, es roch nach Mageninhalt. Ich wandte mich um und schüttelte nur meinen Kopf, und einer der Polizisten bedeutete mir, daß alle Zellen so voll seien. Gleichzeitig spürte ich eine Hand. Man lenkte mich schon hinein, und ich sperrte mich nicht mehr; ich erwiderte einen Blick. In einer Ecke lag der verhaftete Junge.

Vorsichtig stieg ich über die Liegenden und suchte mir neben ihm eine Bleibe. Er sagte nichts,

er rückte bloß, und in die Zelle kam Bewegung. Zwei wälzten sich vom Rücken auf den Bauch, einer streckte die Arme, einer legte sich krumm; Männer im Halbschlaf oder trunken von Schlaf guckten auf, keiner schien mich wahrzunehmen; ich atmete nur durch den Mund. Der Hohlwangige stand noch in der offenen Tür. Erst als ich meinen Winkel hatte, schloß er sie wieder und löschte das Licht. Meine Augen gewöhnten sich rasch. Es war nicht ganz schwarz in der Zelle. Etwas von dem Schein der Lampen rund um den Bau fiel durch das schmale Fenster.
Ich legte einen Teil der Decke auf den Boden, den anderen warf ich über mich; das Kissen schob ich unter die Decke, da sie mir frischer erschien als der bröselnde Schaumstoff. Schlafsäle war ich aus der Internatszeit gewohnt, daran versuchte ich zu denken. Doch in dem Raum schliefen Männer, ich hörte verlorenes Stöhnen. Ich dachte an Ritzi, ich bemühte mich, seinen Tod zu begreifen. Hätte ich in Murdock einen Fahrer erwischt, der mich in ein anderes Hotel gebracht hätte, wäre jetzt alles in Ordnung; im Grunde hätte ich nur eine Minute später aufzustehen brauchen. Dann fiel mir sein Fiebertraum ein, und ich versuchte mir die nutzlose Masse seines abgestorbenen Hirns vorzustellen; ich zwang mich, an seine Seele zu denken. Darüber fing ich wieder an zu zittern. Von den Rippen kommend, rüttelte es mich und

hörte nicht auf. Der Junge in Reichweite begann leise zu summen. Ich sah gegen die Zellenwand seine Gestalt. Mir war, als schnitte er mich. Ich hoffte zutiefst, er würde irgendwas fragen. Aber er fragte mich nichts; ich wartete die ganze Nacht auf ein Zeichen.

11

Der Coronel, der mich am nächsten Tag verhörte, hieß Alejandro Blumentritt. Erst am späten Vormittag hatte man mich geholt und in ein großes, karg möbliertes Dienstzimmer geführt. Bewacht von zwei Bewaffneten, war ich dann dort herumgestanden, mit leerem Kopf. Nur Suchplakate an den Wänden hatten mir ein wenig Abwechslung geboten. Sie zeigten Männer, die schrecklich aussahen. Sie hatten die typischen Mördergesichter, was man von mir ja nicht sagen konnte. Als ich die Namen der Gesuchten schon halbwegs in mich aufgenommen hatte, war in bestickter Uniform ein untersetzter Offizier erschienen, gefolgt von einem Zivilisten mit komplizierter Frisur und einer jungen Frau mit Stenogrammblock. Der untersetzte Offizier hatte in seiner rechten Hand mein Notizbuch gehalten, es war mit zwei deutlichen Lesezeichen versehen. Er hatte sich wortlos hinter den Schreibtisch begeben und dabei rasch ein umgefallenes Täfelchen aufgerichtet. Auf die kleine, schwarze Tafel waren sein Name und sein Rang graviert.

Während der ersten Phase des Verhörs, das in wilder englischer Sprache stattfand, blickte ich abwechselnd auf dieses Täfelchen und auf die Lesezeichen in meinem Notizbuch, das nun am

Schreibtischrand lag. Immer wieder fragte ich mich, an welchen Stellen die beiden Zettel wohl steckten; zwischen den Lesezeichen und dem Namen Blumentritt glaubte ich eine geheime Verbindung zu sehen. Trotz dieser Ablenkungen schien der Coronel mit meinen Angaben zur Person durchaus zufrieden zu sein. Er betrachtete kurz seine Hände und schaltete dann ein Gebläse ein, das auf dem Tisch stand. Der Zivilist mit der komplizierten Frisur versuchte durch ein unauffälliges Gerucke aus der Windbahn zu kommen. Als der Coronel ihn ansprach, hielt er sofort damit inne. Er mußte sich aus Höflichkeit hinüberbeugen, die Haare flogen auf; ich überschlug ein Bein.

Der Coronel wies mit der geöffneten Hand auf mein Notizbuch, der Zivilist nahm es an sich und versuchte dabei dem Wind auszuweichen. Er klappte das Buch an einer der vorgesehenen Stellen auf und machte sich danach in fehlerfreiem Deutsch bekannt. Er sei Herr Posada, er stehe im Polizeidienst, erklärte er mir. Er habe einen Lehrgang bei München besucht, wie ich ja hören könne, spreche er meine Sprache und verstehe sie auch, man habe ihn noch gestern nacht gerufen meinetwegen. Ich sagte ihm, das tue mir leid, aber darauf reagierte er gar nicht. Er setzte mir in einem ernsten, fast feierlichen Ton auseinander, daß mich mein Notizbuch da sehr belaste, und belastet sei ich ohnehin schon. Was ich nun sagen würde, könne gegen mich verwendet werden, ob ich einen Rechtsbeistand wolle ... Ich erwiderte, nein, mein Fall liege einfach, und er übersetzte das leise. Ich schloß die Augen und fing gleich an zu träumen. Ich kämpfte mit Ritzi, ich war im Schwitzkasten bei ihm, nur dieses eine Bild träumte mir. Kaum daß mich Herr Posada wieder ansprach, war ich wach. Er sagte, er werde mir jetzt eine Passage vorlesen und sie danach übersetzen fürs Protokoll, und ich murmelte, »Ja, gut, in Ordnung«.

Er begann dann sofort. »Leutnant Ritzi«, las er, »ist auf dem besten Weg, ein vernichtendes Waffensystem zu beherrschen. Er ist vierundzwanzig und kennt keine Feinde. Sein Wille, das fliegende System immer besser beherrschen zu wollen, gründet sich nicht auf Angriffslust, sondern Verliebtheit in die Funktion: im richtigen Augenblick das Notwendige durchführen zu können, ohne an das Überflüssige auch nur zu denken. Er ist ganz die Maschine, die er mit kühler Leidenschaft fliegt. Den Tod bringt er nur nebenbei. Er ist dem Tod nie begegnet.«

Herr Posada warf mir einen fragenden Blick zu, als wolle er wissen, ob das auch wirklich von mir sei. Nachdem ich ihm zugenickt hatte, fing er zu übersetzen an. Ich lauschte seiner Stimme. In der fremden Sprache hatten meine Sätze etwas überraschend Klares, ich hörte das Gegliederte meiner Gedanken heraus. Es war auch einer der gelungensten Absätze meines Porträts, wie mir schien, er war nicht umsonst ausgewählt worden; ich betrachtete den Coronel und empfand Sympathie. Als alles übersetzt war, beugte er sich vor, und ich beugte mich ebenfalls vor. In einem etwas knisternden Plauderton fragte er mich, ob ich wirklich angenommen hätte, für den Frieden in der Welt irgendwas dadurch erreichen zu können, daß ich einem jungen Soldaten ein Messer in den Rücken bohrte ...

Ich hob meine Hände. Ich öffnete den Mund. Ich bewegte die Hände, es war ein plumpes Verneinen. Ich zitterte in den Schenkeln und faltete meine Hände nun unter den Kniekehlen, gekrümmt schüttelte ich nur noch den Kopf. Der Coronel schlug auf den Tisch. Ich solle Antwort geben, herrschte er mich an, und ich rief dreimal, viermal, fünfmal, schon am Rande von Gelächter, »No ...«.

Der Coronel schlug wieder auf den Tisch. Dann redete er auf den Dolmetscher ein, der sich Notizen machte und ein Gesicht zog, als gelte der Zorn des Coronels ihm. Ich versuchte an Ritzi zu denken. Ich wartete auf einen neuen Tagtraum, aber er kam nicht. Coronel Blumentritt beendete seine Rede, Herr Posada legte sich den Merkzettel zurecht. Dabei sah er mich an und sagte, der

Oberst sei zornig, und ich bestätigte das nickend. Er sei zornig, wiederholte er, da die Beweise auf dem Tisch lägen. Er meine die Beweise meiner Weltanschauung. Er könne mir aber auch jederzeit aufgrund der Indizien einen simplen Mord nachweisen. Die politischen Motive seien ein Zugeständnis! Noch sehe der Oberst in mir keinen gewöhnlichen Fall ... Herr Posada senkte die Stimme. Und wenn er mir einen Tip geben dürfe: Der Oberst wolle auch keinen gewöhnlichen Fall in mir sehen. Ich zog meine Hände unter den Schenkeln hervor, ich sagte, schön und gut; nur würde ich jetzt gerne die Wahrheit erzählen, ob das möglich sei oder nicht ... Und Posada übersetzte, der Coronel schloß einen Moment lang die Augen. Das nahm ich als Ja und begann.
Ich erzählte die ganze Geschichte, angefangen mit der Breisgau Zeitung und dem Porträt der Woche, bis zu der geflickten Fünfhunderternote, die wieder aufgetaucht war. Posada notierte das alles, und als ich seiner Übersetzung lauschte, kam mir die Sache noch phantastischer vor als auf Deutsch. Doch ich wollte nichts mehr sagen dazu, ich war es müde. Das Ganze erschien mir jetzt als eine Art von Verhängnis. Es war durch Rederei kaum zu klären, es war vielleicht immun gegen Sprache oder lag jenseits von ihr. Ich setzte mich bequem, ich sah dem Coronel ins Gesicht.

Er verzog nur die Lippen beim Zuhören. Seine Unterlippe kam allerdings immer weiter nach vorne, bis es Ähnlichkeit mit einem Karpfen gab. Dann fiel er einfach ins Wort, mit kurzen, unterstrichenen Sätzen, und etwas angesteckt von diesem Ton wandte sich Herr Posada wieder an mich. Oberst Blumentritt habe gesagt, er werde das prüfen. Verbindungen zu der Einheit des Ermordeten bestünden bereits. Der Untersuchungsrichter werde noch heute von ihm informiert. Eines müsse ich wissen: ihm sei das Deutsche nicht fremd. Er habe einen deutschen Urgroßvater gehabt, er habe großen Respekt, vor allem vor dem deutschen Soldaten. Und so einen Burschen hätte ich von hinten getötet. Aber das spreche für sich. Und dazu gebe es auch eine Stelle in meinem Notizbuch ... Posada holte Luft und sah zum Coronel, der eine Hand wendete. Daraufhin schlug der Dolmetscher die Seite mit dem anderen Lesezeichen auf. Ich sah am Schriftbild, daß es sich um Skizzen handelte zu Ritzis Äußerem; ich hatte das schon in Murdock geschrieben, während der langweiligen Vorträge, und erinnerte mich nicht mehr an die Details.

»Er ist dieser Typ«, begann Posada vorzulesen, »bei dem auch kleinste Mundbewegungen eine Belebung des ganzen Gesichtes hervorrufen können. Dabei wirken die Lippen stets so, als führten gebogene Knochen durch sie hindurch. Dann seine Pupillen. Sie bilden die ruhige Mitte des Auges, in jeder Situation. Zum Körper nur so viel: Er hält die Arme meistens verschränkt, hart an der Brust, so daß die Oberarmmuskeln immer in ihrer Fülle erscheinen; ebenso ungewollt die Art, wie er dasteht: sehr aufgerichtet, sehr selbstverständlich Hintern zeigend.«

Mir brannten die Ohren. Während der Übersetzung machte der Coronel fortlaufend feine Handbewegungen, als beschwingten ihn die Worte. Ich erinnerte mich wieder. Mein einziger Gedanke dabei war gewesen, durch solche Beobachtungen später dem Porträt vielleicht eine literarische Linie zu geben, was ja nicht selten mit intimen Eindrücken bewerkstelligt wird, besonders in den großen Blättern. Der Coronel schmunzelte für einen Moment.

Mit allem Englisch, dessen er mächtig war, sagte er, daß man diese Angelegenheit eben auch von einer ganz anderen Seite her aufrollen könne. Es werde zum Beispiel genau untersucht, was ich mit den Wimpern des Toten angestellt hätte! Ich spürte, daß ich lachen mußte, ich spielte einen Hustenanfall; etwas Gleichgültigkeit kehrte zurück. Ihm klarzumachen, daß diese Sätze nur aus literarisch-psychologischem Ehrgeiz entstanden waren, um so die geistige Stimmung in unseren führenden Wochenendbeilagen zu treffen, erschien mir vollkommen sinnlos. Der Coronel fuhr fort. Er habe sich bis vorhin übersetzen lassen, was in dem Tagebuch stehe; gleich nachdem man festgestellt habe, daß der Tote ein deutscher Luftwaffenoffizier mit Standort in den Vereinigten Staaten sei, habe man ihn hinzugezogen, und er habe sich ein Bild von mir gemacht! Und falls sich meine Angaben nicht Punkt für Punkt beweisen ließen, bliebe mir nur, zwischen Motiven zu wählen. Den niedrigen, den politischen oder den sexuellen, was den niedrigen sehr nahe käme. Er sei davon überzeugt, daß es sich um politische Beweggründe handle und er daher zuständig sei. Ich könne mir das überlegen, bis morgen. Er werde mir die Chance geben, in Ruhe darüber nachzudenken, er habe schon für eine andere Zelle gesorgt. Für die einzige Zweibettzelle im ganzen Gebäude. Ob ich sonst noch etwas wollte . . . Ich sah zum Fenster hinaus, ich überlegte. Mir fiel nichts ein. Da war nur Ritzi.

12

Man hatte mich sofort verlegt. Ich war in eine ebenerdige, knapp drei mal drei Meter große Zelle gekommen, mit einem Ginsterstrauch vor dem vergitterten Fenster. Auf einer der beiden Pritschen saß der Junge und lächelte, als ich hereinkam; er war bereits am Morgen aus der Gemeinschaftszelle herausgeholt worden, ich hatte schon befürchtet, daß ich ihn nie wiedersehen würde.

Es fiel dann kein Ton zwischen uns. Er döste im Sitzen, ich stand am Fenster und sah in den Strauch, mein Kopf reichte über den Sims. Ich machte mir keine Gedanken. Das Angebot des Coronels war für mich ohne Bedeutung. Die Sonne wanderte, die hellen Mauersteine blendeten. Schloß ich die Augen, begann ich an Ritzi zu denken, ich ließ es mir gefallen. Mir träumte dann wieder bei halbem Bewußtsein. Er war da, ich war da, wir atmeten; er gab es auf, ich atmete weiter. Wie nichts verloren sich meine Tränen in dem porösen Sims. So vergingen die Stunden; einmal hörte ich den Jungen Wasser lassen. Gegen Abend stießen Schwalben vom Himmel. Und als es dunkel war, wurden wir zum Essen geholt.

Rund dreißig Männer kamen in dem Eßraum zu-

sammen, ein paar Gesichter erkannte ich wieder. Es gab eine scharfe Suppe mit Einlage, dazu ein Fladenbrot und stilles Wasser, das leider nicht kalt war. Ich hatte Hunger und holte mir Nachschlag, wie früher im Internat. Die Umgebung war mir fremd, die Umgangsformen nicht. Ich verfolgte den kleinen Zwist darum, wer Brot nachholen mußte, wenn die Brotschale leer war, ich verfolgte jedes Gehänsel. Wer von sich ablenken wollte, fluchte über das Essen, das kannte ich auch; der Junge schwieg. Er warf mir hin und wieder einen Blick zu, was mir nicht angenehm war vor den anderen. Ich ließ meine Augen dann jedesmal schweifen, über die Ohren und Münder, über die Hände und nackten Füße der Männer. Da gab es einiges zu sehen, in meinem Kopf entstand eine provisorische Liste der gewöhnlichen Mißbildungen. Dazu gehörten der kleine Zeh mit so gut wie gar keinem Nagel oder steife Daumen, die Werkzeugen glichen; dazu gehörten dichtes Haarkraut, das aus Gehörgängen sproß. Nur bei dem Jungen fand ich nichts.
Nach dem Abendessen räumten die Männer den Tisch ab und rauchten dabei. Selbstverständlich ging ich zur Hand. Ich kümmerte mich um die Schüsseln und rückte dann Stühle zurecht; ich gab mich beschäftigt, um nicht mit einem Lappen, der wie Pansen aussah, die bekleckerte Tischplatte säubern zu müssen. Solche Tricks sa-

ßen tief, auf sie zurückzugreifen war mir immer möglich. Zuletzt hob ich einen herabgefallenen Schöpflöffel auf und lief damit umher. Ich hatte plötzlich Lust auf eine Zigarette. Wenn ich schon nichts Kaltes zu trinken bekäme, wollte ich wenigstens rauchen. Ich wartete ab. Es bot mir niemand eine Zigarette an, das war nur natürlich, und ich ärgerte mich etwas über meine Naivität. Doch als die Masse der Männer den Eßraum verließ, lag noch ein glimmender Stummel herum. Ich nahm ihn in die Finger und tat einen Zug, es war ein Muß. Das heißt nicht, daß ich keinen Ekel empfand, nur dieses Muß war stärker. Ich mußte daran saugen. Erst auf das Drängen der bewaffneten Wärter ging ich den anderen hinterher, mit trockener Zunge vom Rauch.

In der Zelle brannte jetzt Licht. Der Junge lag auf seiner Bettstatt. Weil er nichts sagte, sagte ich auch nichts, das war so ein Brauch, wie mir schien: in den Zellen zu schweigen. Ich legte mich ebenfalls hin und sah an die Decke. Ich ließ die Rißverläufe auf mich wirken, ich sah die Karten unbekannter Länder. Und ich überflog sie, bis das Licht gelöscht wurde. Danach blieb ich so liegen und horchte auf den Atem des Jungen, der mal schneller und mal langsamer wurde. Dann war mir plötzlich, als seien Gerüchte im Umlauf. Ich hörte Schritte und Geflüster im Gang, die Wortwechsel waren kurz und erregt. Ich fragte, was da draußen los sei, und der Junge sagte: »Cerveza.«

Ich lief sofort zur Tür. Ich schlug dagegen und rief: »One beer for me, please!« Ich hörte Flaschenpfropfen schnappen, und das Klingeln von Eisstückchen drang durch die Tür. Jemand näherte sich, ich legte ein Ohr an den Stahl. Es wurde leise angepocht, eine Stimme sagte: »Dos Dollares.« Ich drückte meinen Mund an den Spion, ich sagte beschwörend, ich hätte im Moment nicht zwei Dollar. Aber er werde sie bekommen, rief ich auf Englisch, er werde sie sicher bekommen. Ich sei ja unschuldig hier! Morgen werde alles aufgeklärt sein, dann könne er auch mehr Dollar haben . . .

Die Schritte entfernten sich wieder, das Klingeln der Eiswürfel verebbte, ich schrie. Ich schrie, »Gebt mir ein Bier«, und jemand drohte vor der Tür mit Worten. Ich verstummte. Ich drückte meine Stirn an den kühlenden Stahl, mir klebte die Zunge. In der Nachbarzelle wurde aufgestoßen. Es war dieses ergiebige Aufstoßen nach den ersten, einfach durch die Kehle gelaufenen, eisigen Schlucken. Ich hörte wieder Pfropfen schnappen, ich hörte Glas, das an Glas stieß, es roch nach Tabak. Da begann ich zu weinen. Ich rollte nun meine Stirn wie ein Stempelkissen über den Stahl und weinte stumm in mich hinein; so dastehend, beide Arme erhoben, die Hände an

der Tür, sah ich mich selbst zu Kreuze kriechen, immer wieder meinen Jammer hauchend, Gebt mir ein Bier . . .
Ich kann nicht sagen, wann, aber nach einiger Zeit, als das kleine Gelage in der Nachbarzelle vorbei zu sein schien, kamen von hinten ein Paar Hände. Sie kamen ganz unvorbereitet und kratzten mir etwas vom Kragen, wahrscheinlich getrocknetes Blut. Ich schloß die Augen, ich dachte mir, er macht nichts weiter, als seinen Beruf auszuüben, die Entfernung von Flecken. Da ihm Hilfsmittel fehlten, kratzte und rieb er recht lange. Ich schlug die Augen wieder auf, ich sah den Zellenboden. Durch das Fenster fiel ausreichend Licht; man hätte lesen können. Das ging mir noch durch den Kopf, dann nahm ich wahr, daß er meinen Nacken massierte, schon seit geraumer Zeit. Ich sagte nichts, ich fühlte mich an den Brauch des Schweigens gebunden; und zu der stillen Übereinkunft gehörten dann auch fremde Hände. Sie taten mir gut.
Als sie einen Augenblick lang innehielten, wandte ich mich um und ergriff sie. Die Hände waren hart und warm. Ich dankte dem Jungen, indem ich die Mundwinkel hochzog, ich ließ ihn wieder los. Ich legte mich auf meine Pritsche und hörte, daß er sich auf seine legte. Entgegen einem starken Impuls drehte ich mich nicht gleich zur Wand. Der Junge lag genauso da, zur offenen

Seite, und wir hatten beide unter der Wange die Faust. Es war eine Art Symmetrie, die uns auf einmal verband, ganz und gar unfreiwillig; aus seiner und aus meiner Nase entwich in kurzen Schüben Luft. Dieser Anflug von Lachen gab mir Gelegenheit, ihn zu betrachten. Er hatte sich das Hemd ausgezogen, er lag auf der Decke. Es war heiß in der Zelle. Seine Augen glänzten, das kam vom Licht. Ich faßte mir ans Kinn, ich fuhr mit meinen Nägelkanten an den Stoppeln entlang. Wie ich da in Socorro im Schwimmbecken stand und Emiliano auf dem Sprungbrett, fiel mir ein. Der Junge tippte sich mit einem Zeigefinger auf die Brust und streckte mir den Finger dann entgegen. Da nickte ich gedankenlos.

Ich rückte bis zur Wand, und er legte sich zu mir. Das war ein einfacher Vorgang. Ich hing erst ganz an seinen Augen. Noch die kleinsten Sprünge der Pupillen machte ich mit. Ich sah, daß er das merkte, und begann zu blinzeln, im gleichen Moment schloß er die Augen. Nun fingen seine Lippen meinen Blick. Sie waren voll und hell und etwas faltig, ich glaubte sie zu kennen. Ich löste mich von der Erinnerung, ich sah die Unterschiede. Seine Oberlippe hatte fast gar keinen Spalt. Es war nicht die harmlose Herzform; es waren zwei Bögen in einem Schwung. Der Mund stand etwas auf. Ein Stück Zahnreihe blinkte hervor, darunter lag ein dunkler Streif, dann kam wieder Lippe. Die Unterlippe war ein schmaler Balkon. Es war ein gestalteter Mund, und ich schnappte danach. Doch der Junge stieß mir einen scharfen Luftstrahl entgegen, ich sah in runde Augen. Er flüsterte, »Taifun«, er lachte durch die gerade, breite Nase. Dann bot er mir den Mund, und wir küßten uns lange.

Das war an sich auch ein einfacher Vorgang. Ich öffnete nur ein paarmal die Augen, um zu sehen, ob seine Augen zu wären oder nicht. Sie waren fest geschlossen, ich fing an, ihm zu trauen. Er zog meine Lippen ganz zwischen seine. Er kostete den Innenteil, er strich an meinem Zahnfleisch entlang. Ich lauschte auf das leise Geström seines Atems. Es war erst ein feines Singen beim Einziehen der Luft und beim Verströmen dann ein feines Flattern. Die verbrauchte Luft schien über Treppchen zu hopsen, das kannte ich gut. Es waren die Treppchen der Erregung. Ich zuckte, und es gab einen Riß, quer durch den Bund unserer Lippen. Er schlug die Augen auf, ich zählte seine Lidschläge mit. Dabei hielt ich ihn fest. Ich spürte seine Haut und Knochen, das Schlüsselbein sprang hervor. Die Haut darüber war so dünn wie sie weich war; die Knochen darunter waren hart. Sie waren mir zuwider, ich wollte nichts damit zu schaffen haben; ich hielt mich ganz an die Haut. Ich fühlte ihre Züge und Felder und mußte mich wieder erinnern. Die ersten

Marliesnächte fielen mir ein, mein Körper sang ein Lied davon. Ich hielt nun einfach still, das Streicheln geschah ohne mein Zutun. Es ging seiner Wege; es war das alte Lied. Ich fuhr am Rückgrat entlang, in Serpentinen um die Wirbel herum, bis an den Punkt, wo ein Tier seinen Schwanz hat. Das Hopsen des Atems nahm zu, wir küßten uns wieder, und ich hörte mich nun schnaufen, meine Nase war etwas verstopft; ich liebte ihn in meinen Grenzen.

13

»... kann ich ganz ungemütlich werden«, vernahm ich eine Stimme. Man hatte mich bald nach dem Frühstück in das Zimmer mit den Suchplakaten geführt, kurz darauf war das Hinundher vor der Tür losgegangen. Herr Posada übersetzte die Bemerkung, der Coronel wiederholte zwei Worte, eine andere neue Stimme nannte meinen Namen, gleichzeitig flog die Tür auf. Als erster trat ein Mann in einem weißen Anzug in den Raum, er hatte starke Tränensäcke. Der Mann, der ihm folgte, trug eine deutsche Luftwaffenuniform und kam mir bekannt vor; sein unentwikkeltes Gesicht hatte mich schon einmal beschäftigt. Ihm folgten Herr Posada und die Stenografin. Es war nun völlig unklar, wer am meisten zu sagen hatte in dieser erweiterten Runde; es war eine schwindelerregende Hierarchie, der ich da plötzlich ausgesetzt war.

Der Deutsche kam sofort auf mich zu. Er sagte: »Wissen Sie, was Sie getan haben – so einen Mann gibt es alle zehn Jahre nur einmal.« Ich äußerte mich dazu nicht, und er sagte, er sei Major Greve, der Sicherheitsoffizier des Geschwaders. Da entsann ich mich hell. Er hatte auch einen Vortrag in Murdock gehalten, mit gegliederten Schaubildern. Ich fragte ihn, weshalb er hier sei, und er schüttelte darüber den Kopf. Er sei der Sicherheitsoffizier, wiederholte er sich, und vieles spreche für eine politische Tat. Ihm sei auch mein Zwischenruf noch gut im Gedächtnis. Aber er sei auf Wunsch des Untersuchungsrichters gekommen, als Sachverständiger. Oberleutnant Ritzi sei ja Geheimnisträger gewesen. Nicht zuletzt.

»Ist er befördert worden?« fragte ich und sah zu dem Mann mit dem auffälligen Anzug; ich sah in ihm den Untersuchungsrichter. Major Greve gab keine Antwort; mit einem leisen »Sie Journalist, Sie« wandte er sich von mir ab. Es kam dann zu einer kleinen Unstimmigkeit darüber, wer wo Platz nehmen sollte, und als das geklärt war, ergriff der Richter mit den Tränensäcken das Wort. Er machte sich kurz bekannt, sein Name war so kompliziert wie die Frisur von Posada. Danach erklärte er mir, Coronel Blumentritt habe ihm gestern nacht noch einen vorläufigen Bericht übergeben, eine Kopie des Berichtes habe Señor Greve bekommen. Señor Greve sei als Berater hier, er dürfe mir Fragen stellen, die ich nicht zu beantworten bräuchte. Darauf weise er mich hin, solange ich noch keinen Verteidiger hätte. Der Untersuchungsrichter sprach ein gutes Englisch. Trotzdem fiel es mir nicht leicht, zu folgen. Ich dachte an den Jungen. Er hieß Raoul, das hatte er mir heute früh noch gesagt.

Inzwischen, fuhr der Richter fort, sei den Anga-

ben, die ich gemacht hätte, schon nachgegangen worden. Drei der erwähnten Personen würden mir auch gleich gegenübergestellt, ob ich darauf vorbereitet sei ... Ich sagte Ja und nickte und war sofort sehr aufgeregt. Ich hatte gar keine rechte Erinnerung mehr an Baby Ophelia. Coronel Blumentritt führte nun ein Telefonat. Ich verstand nur zwei Worte, »Señor Guadalupe«. Kaum war das Telefongespräch beendet, wandte sich Major Greve wieder an mich. Er sagte, daß er mir jetzt Fragen stellen werde, die Fragen und meine Antworten würden genau übersetzt, und ich zeigte mich einverstanden mit dem Verfahren.
Er fragte mich zunächst, ob Oberleutnant Ritzi irgend etwas mitgeteilt habe, was über das hinausgegangen sei, was ich und die übrigen Journalisten offiziell erfahren hätten. Ich wartete die Übersetzung ab und rief dann, »Nein, kein Sterbenswort«, und wollte gerade anfangen, unsere Beziehung zu schildern, als der Major rundheraus fragte, ob ich ein Pazifist sei und für eine Gruppe tätig. Ich griff mir an den Kopf, ich sagte, »Nein, warum«, und Major Greve gab das an den Richter weiter. Danach wollte er wissen, weshalb mir Ritzi nachgereist sei, und ich meinte, aus Zufall. Er übersetzte auch das und kam dann auf den Zwischenruf zu sprechen. Er fragte mich, was ich mir da gedacht hätte bei meinem »Ritter Hiroshima«, und ich antwortete, gar nichts. Ich hätte mir

dabei so wenig gedacht wie der Kommandeur bei seiner Bemerkung, zu dem Job gehöre schon a' bissl Ritterlichkeit.
Major Greve nahm seine Augen von mir und übersetzte so gut, wie es ging; er gebrauchte die Worte »some knightness« und verbesserte sich mit »a little bit nobility«. Anschließend sagte er, mein Zwischenruf sei ohne Widerhall geblieben, und fügte hinzu, ich sei in der Tat Journalist, schriebe allerdings für keine bedeutende Zeitung und sei auch nicht fest angestellt. Es wäre durchaus denkbar, daß ich in fremden Diensten stünde. Ja, diese Leute seien häufig Journalisten, in der Regel nur auf höherem Level ... Ich dachte an Herrn Übelacker, ich überlegte, ob ich protestieren sollte. Aber da dankte der Untersuchungsrichter schon Major Greve und fragte mich mit dem plötzlichen Ernst eines Standesbeamten, ob ich irgendwelche Auftraggeber hätte, ob ich aus dem Osten käme.
Ich boxte mir in die Handschale. Ich sagte aufgebracht, ich schaffte für die Breisgau Zeitung, ich käme nicht aus dem Osten, ich sei ein Badenser, und rief dem Major »Heilandsack« zu. Das verwirrte ihn etwas, er knipste an seinem Vierfarbstift herum. Doch dann erklärte er dem Richter, daß dies ein gebräuchlicher Ausdruck im südwestdeutschen Raum sei, und ich schob meine Hände unter die Schenkel. Ich wippte mit den

Füßen, mein Oberkörper schwankte, es war wie früher in der Schulbank. Und ich sah mich da noch wippen, mit den Augen Major Greves, als in meinem Rücken die Tür ging. Ich warf den Kopf herum, mein Blick fiel auf Baby Ophelia.

Sie war wie nackt. Sie hatte sich die Haare geschnitten. Ich sah ihren Schädel, ich sah die Frau auf dem Bild. Das übriggebliebene Haar war gescheitelt, es glänzte wie ihre zusammengewachsenen Brauen. Sie hatte geweint; es gab keine sichtbaren Spuren, nur meinen Eindruck: daß sie nie mehr weinen würde. Das war in ihren Augen erledigt. Der Coronel nahm sie am Arm und schritt dann wie ein Brautvater neben ihr her. Sie trug ein dunkles Kleid, dazu ein Jackett. Der Coronel war Luft für sie, ich ebenso. Sie war jetzt nur noch Schwester, die Schwester der Frau auf dem Bild. Ich löste meinen Blick von ihr und sah auf die anderen, Emiliano und die Hure; zwischen den beiden lief ein Beamter. Emiliano trug seine halbhohen Stiefel, die Sonnenbrille mit den kleinen Gläsern pendelte in seiner Hand. Die Hure hatte ein grünes Kostüm an und war wohl beim Frisör gewesen. Sie guckte kurz herüber; sie schien bereit zu sein, mich wiederzuerkennen.

Es begann dann mit Formalitäten. Der Untersuchungsrichter ließ sich die Pässe vorlegen und wandte sich zuerst an Baby Ophelia. Er fragte sie nach ihrem Namen, sie sagte: »Guadalupe, Rosalinda, Carmen, Ophelia.« Das setzte mir zu. Es war, als werfe sie mir ihr Haar vor die Füße. Ich bettelte sie mit den Augen an: mich wahrzunehmen für einen Moment, aber sie schaute unablässig um einen Daumensprung an mir vorbei. Ihr Mund war verändert. Die Linie zwischen ihren Lippen erschien mir wie ein zweiter Scheitel. Einen Augenblick lang dachte ich daran, mich auf sie zu stürzen, um ihren Geruch einzuatmen. Mich wenigstens mit meiner Nase nicht getäuscht zu haben, wäre schon etwas. Danach könnte das Vergessen beginnen; ich wollte sie getrost vergessen.

Der Richter wandte sich nun an mich. Er fragte, ob das die Person sei, von der ich erzählt hätte, und ich bejahte das. Daraufhin stellte er die entscheidende Frage, Posada übersetzte sie mir. »Kennen Sie diesen Mann, haben Sie ihn schon einmal gesehen?« Baby Ophelia überflog mich und sagte Nein. Ich fühlte Bitterkeit. Ich rief auf Englisch dazwischen, es hätten uns überall Leute gesehen, im Hotel Splendid Meyer, im Café Real . . . Außerdem könnte ich ihr Zimmer beschreiben, dort hinge ein Bild . . . Der Untersuchungsrichter gebot mir, zu schweigen. Das werde alles geprüft, sagte er und bedeutete Ophelia, daß sie hinausgehen könne. Sie drehte sich um, sie ging an mir vorüber. Ich blickte ihr nach. Wenn sie ausschritt, sah ich ihre nackten Knie-

kehlen. Ich sah schattige Buchten und geriffelte Haut wie auf Milch, ich ahnte Adern, die nach außen drängten; ich sah die dumpfen Kuhlen, die aus den Kniekehlen würden. Es war gut, daß sie ging, ich schaute wieder nach vorn. Emiliano kam an die Reihe, und ich suchte den Mörder in ihm.
Er stellte sich vor mich, er tänzelte mit dem Spielbein. Dabei zog er die Unterlippe über die Zähne, dabei pendelte er mit der Sonnenbrille. Gleichzeitig sah er mich mit seinem Silberblick an, ich wählte mir eins seiner Augen. Der Untersuchungsrichter stellte zwei Fragen, sie wurden gleich übersetzt. Emiliano nickte. Und dann ließ er sich Zeit. Er betrachtete mich, wie in Socorro. Er bestand darauf, mein Profil sehen zu können, und zwar im Licht, ich mußte den Kopf drehen. Er entfernte sich einige Schritte, er ging ein Stück um mich herum. Dann sagte er: »No.« Der Coronel zog eine Schreibtischlade auf und holte einen durchsichtigen Beutel hervor. In dem Beutel lag das Messer. Es wurden neue Fragen gestellt, Emiliano neigte sich über den Beutel. Er nahm sich sogar mit dem Messer Zeit. Er wollte es von beiden Seiten sehen, es herrschte Stille. Er lächelte und sagte nochmals: »No.«
Ich wollte ihn angreifen, aber rührte mich nicht. Hinter meinen Ohren rann mir der Schweiß. Ich schrie nicht Mörder! Mörder!, wozu. Emiliano

sah in die Runde. Er grüßte jeden durch ein kurzes Fingerzeichen, auch mich, was ich besonders niederträchtig fand, und trat ab; die Hure wurde aufgerufen. Sie sagte gleich, sie kenne mich, das sah ich ihr an. Während sie weitersprach, holte der Coronel einen zweiten Beutel hervor. Er war kleiner und enthielt die geflickte Fünfhunderternote. Herr Posoda übersetzte mir den Redeschwall der Hure. Sie habe angegeben, sagte er, daß sie mich kenne. Ich hätte sie erst vor zwei Tagen besucht. Aber sie erinnere sich nicht deshalb an mich, sondern aus einem anderen Grund. Ich sei zu einem normalen Liebesakt nicht in der Lage gewesen, und so etwas merke sie sich. Sie habe es dann, auf mein Verlangen hin, zu einem Sonderpreis, mit den Händen zu Ende gebracht, gezahlt hätte ich mit Hunderternoten, die freilich schon auf der Bank seien. So schlechte Scheine wie diesen nehme sie gar nicht entgegen. Was man von ihr denke.

Ich sah an ihr herab. Sie trug die Schuhe, die mich so angeregt hatten. Es war alles gelogen. Natürlich hatte ich es getrieben mit ihr. Und ich suchte dafür noch nach Worten, da entließ man sie schon. Ich blickte auch ihr hinterher; und je mehr ich meinen Körper verdrehte, um so deutlicher wurde mir meine Situation. Langsam und in Etappen wandte ich mich dann wieder um.

Die Stenografin zog an meinen Augen entlang.

Sie saß ganz schreibbereit da, in der Welt ihrer Kürzel. Der Untersuchungsrichter kam in mein Blickfeld. Das ganze Weiß des Anzugs wog seine Tränensäcke nicht auf. Major Greve erschien mir, ein Keil in seinem Luftwaffenrock, das unentwickelte Gesicht in den Händen. Erst an den Zügen des Coronels fing sich mein Blick. In seinen Augen lag ein Angebot für mich, ich sah menschlichen Ausdruck; er wollte ein Geschäft mit mir, ich öffnete meine Hände für ihn. Wir wußten beide, daß es ein Komplott war. Der Richter ergriff wieder das Wort. Er sagte, daß man jetzt auf mein Notizbuch kommen müsse. Die wichtigsten Passagen über den Ermordeten seien dem Sicherheitsoffizier in seiner Anwesenheit vorgelegt worden, er bitte nun um dessen Meinung. Major Greve nickte ihm zu und entnahm einem flachen Dienstköfferchen mehrere Blätter. Er breitete sie vor sich aus und sagte, er werde der Einfachheit halber gleich Englisch vortragen, falls ich nicht folgen könnte, sollte ich mich melden. Mir war das recht, ich schwieg. Ich sah auf die Blätter.
Ich erkannte darauf Punkte und Unterpunkte sowie hervorgehobene Sätze; es war ein ganz ähnliches Bild wie das der gegliederten Zusammenfassung seines Sicherheitsvortrags, der mich in Murdock so gelangweilt hatte. Allerdings blieb er jetzt sitzen beim Reden. Er wies darauf hin, daß

er nur einen Überblick geben könne, zu mehr habe die Zeit nicht gereicht. Doch nach Einsicht der Passagen, die sich auf das zu erstellende Zeitungsporträt des ermordeten Oberleutnants Ritzi bezögen, sei er zu folgender vorläufiger Ansicht gelangt: Daß der Verfasser von den Aufgaben eines Berufsoffiziers innerhalb einer hochtechnisierten Streitkraft so gut wie nichts verstanden habe. Dies lasse sich im einzelnen belegen. Nachzuweisen seien dem Verfasser erstens: Mangelnde Sachkenntnis. Zweitens: Mangelnde Analyse aufgrund mangelnder Sachkenntnis. Drittens: Betonungen des Persönlich-Intimen, die er nicht zu beurteilen habe. Viertens: Einseitige Ausdeutung der angebotenen Informationen im Sinne radikalpazifistischer Weltsicht. Fünftens: Verdrehung von Aussagen des später Ermordeten im Sinne von Punkt Vier. Er machte eine Pause, er sah mich an.

Ich sagte nichts, und er fügte hinzu, daß es ihm nur um die Haltung des Verfassers gegangen sei, er wolle das klarstellen. Ich nickte; von Ferne klang das Atia! Atia!, die Vormittagssonne fiel auf mein Knie. Major Greve fuhr fort. Er komme nun zum zweiten Hauptpunkt. Beurteilung des Oberleutnants Ritzi aus der Sicht seiner Fluglehrer und anderer vorgesetzter Offiziere. Und damit griff er zum nächsten Blatt und legte es an die Stelle des alten, wieder erkannte ich das Schema

von Punkten und Unterpunkten, von Einleitung, Hauptteil und Schluß. Ich starrte nur auf dieses Gliederunsgerippe, ich vermochte ihm kaum noch zu folgen. Ich legte eine Hand auf mein Knie. Die Sonne brannte mir bald auf der Haut; so war ich abgelenkt und gabelte auf.
Ich spürte, daß seine Ausführung nichtssagend war. Sie bestand aus lauter Hauptsätzen mit je einem Fachausdruck und einem Zahlenbeispiel. Da gab es kein Wort zu viel, da waren alle Worte zu wenig. Ich kannte diese knappe Ausdrucksweise, so wie mir der Aufbau der Sätze bekannt war. Ich kannte die Ordnung des Inhalts, ich kannte das Gedankengerippe. Es war genau die Art, in der ich selber vorging. Ich ging so zu Werke wie er. Ich war ebenso, empfand ich und sah dabei das Sonnenlicht auf meiner Hand. Ich bewegte die Finger, auf dem Handrücken spielten die Sehnen. Daß ich das auch sei, dachte ich. Major Greve redete weiter und weiter. Er redete weiter von Ritzi. Was ihn geekelt hatte, Schulterklopfen, Kameradengetue, nahm der Major als Beweismittel für sich in Anspruch. Er verwendete es, indem er die Auffassung vertrat, Bestätigung sei wichtig gewesen für Ritzi, daher vielleicht auch die Mexikoreise: Bestätigung durch einen Journalisten ... Ich krümmte meine Finger, ich drehte die Faust; es war genau mein Verfahren – aus seinem Ekel ein Bedürfnis zu ma-

chen, aus seiner Schwäche einen Titel. Ich war Major Greve, ich sah mich da sitzen; neben seinen Blättern lag mein Notizbuch. Es lag im Kreise der Verwender. Und während der Major immer noch Psychologie trieb, nahm ich das Aus von Ritzi wahr. Dabei sah ich, wie der Sonnenstreifen wanderte, ich rückte ein Stück. Der Ventilatorwind streifte meinen Gesichtsrand, ich bewegte mich nicht mehr. Ich fühlte eine vollkommene innere Glättung, sie war zum Zerspringen. Ich hatte überlebt.

Erst als der Name Offderheide fiel – Ritzis Kamerad, der überprüft worden sei, und in der Tat, ohne sein Wissen, als Kurier gedient habe –, kamen meine Gedanken wieder in Gang. Ich sah eine Chance. Zu beweisen, daß die Begegnung mit ihm nichts weiter gewesen war als ein Zufall; und anders hätte Ritzi nie von meinen Plänen erfahren und lebte! Doch dann erschien mir das zu klein. Ich schaute dem Major ins Gesicht, und es erschien mir zu klein, mich auf diese Weise vielleicht aus einem Verhängnis zu winden, das viel größer war als ich selbst. Ich war dem nicht gewachsen, das war alles. Und ich schloß für eine Weile die Augen und schwieg; ich begann mich auf die Zelle zu freuen.

Der Untersuchungsrichter brach dann die Vernehmung ab. Er erklärte, es sei erstmal genug, die polizeilichen Ermittlungen seien noch im Gange.

Es interessiere ja vor allem das Motiv, und da habe er eine ganz eigene Meinung, womit er Coronel Blumentritt nicht beeinflussen wolle. Im übrigen werde man mich wohl heute oder morgen verlegen, mehr in die Nähe seines Büros, das diene der Sache. Damit erhob er sich, worauf sich alle anderen ebenfalls erhoben, reichte mir kurz die Hand und begann mit Major Greve im Hinausgehen ein vertrauliches Gespräch. Der Coronel nahm seinen Schreibtisch wieder in Besitz. Er sagte ein paar Worte, und Herr Posada und die Stenografin verließen den Raum. Wir waren alleine.

Mit einer Handbewegung gab mir der Coronel zu verstehen, daß ich mich wieder setzen solle. Alles Glatte in mir war nun gesprungen, der Gedanke an Verlegung hämmerte in meinem Kopf. Ich hob den Blick, er schmunzelte einen Moment lang, so wie beim ersten Verhör; ich kannte dieses Schmunzeln von Herrn Übelacker, den es schon fast nicht mehr gab. Der Coronel griff in ein Schreibtischfach und holte eine Packung Zigaretten hervor. Er hielt sie mir hin. Ich bediente mich, er gab mir Feuer. Ich rauchte. Als ich die Zigarette absetzen wollte, haftete das Papier an meinem Unterlippenspalt, und ich erinnerte mich. Nachdem ich es abgelöst hatte, beugte sich der Coronel weit über den Tisch. Und in seinem wilden Englisch teilte er mir mit, daß nichts in diesem Gebäude geschehe, von dem er nicht wisse. Außerdem besitze er die Vollmacht, Verlegungen anzuordnen oder zu unterbinden, und könne darüber entscheiden, wer mit wem in was für eine Zelle komme. Ob ich das verstanden hätte.

Ich sagte, »Yes, Sir«, und er schmunzelte wieder. Ich zitterte auf einmal in den Schenkeln, ich preßte die Hände darauf, der Rauch der Zigarette stieg mir in die Augen. Ich wendete mich etwas ab, ich sah durch einen Freiraum zwischen Fensterrahmen und Jalousie. Ich sah ein Flugzeug verschwinden, es war nicht zu hören. Meine Schenkel zitterten wie blödsinnig. Ich stieß die Zigarette aus, der Coronel kam zur Sache.

Er sagte, daß er fest an die politischen Beweggründe glaube, natürlich nur, wenn ich der Täter sei, aber davon gehe er aus. Im Augenblick wolle er noch gar kein Geständnis von mir. Doch weil ich es demnächst, unter dem Druck der Beweise, ohnehin ablegen würde, könnte ich ihm auch jetzt schon mal andeuten, ob ich grundsätzlich der Mann wäre für eine politische Tat . . . Da preßte ich meine Schenkel zusammen und sagte: »Ja.« Ich sagte es auf Deutsch, und er verstand sofort. Er fragte mich, ob das mein Ehrenwort gewesen sei, und ich nickte ihm zu.

14

Raoul und ich wurden noch am selben Tag in einen kleinen Bus der Polizei gesetzt, der uns an den anderen Ort bringen sollte. Ich sah aus einem der vergitterten Fenster, während Raoul auf der Bank lag und döste. Ich machte mich mit dem Gedanken vertraut, daß er wahrscheinlich ein Spitzel des Coronels war. Man hatte ihm Erleichterungen in Aussicht gestellt, ich hätte genauso gehandelt. Wäre es so, es wäre verständlich; und er ließ es mich ja auch nicht spüren.
Die Fahrt durch Acatlán war recht abwechslungsreich. Es ging sogar am Meer entlang, das lag links; rechts in Fahrtrichtung standen große Hotels. Ich sah Mädchen, die am Strand promenierten, ich sah die Kürze ihrer Schatten. Ich hatte Augen für den Sommer bekommen. Der Sommer war für mich die Hoffnung, ohne daß ich es gewußt hätte. Alles konnte nicht so schlimm sein, da ja der Himmel strahlte. Hier wäre fast das ganze Jahr schönes Wetter, der deutsche Juli konnte mir gestohlen bleiben. Und der Gedanke, womöglich für Jahre keinen Fuß mehr in die Freiburger Fußgängerzonen setzen zu können, erfüllte mich sogar mit diebischer Freude. Ich nahm mich meinen Bekannten und meiner Heimat, ja, auch noch Marlies, wenn sie sich er-

innerte, ganz einfach selber weg. Sie hatten von nun an das Nachsehen mit mir. Ich war ihnen voraus. Und hätten sie mich hören können, hätte ich allen, von Kontinent zu Kontinent, nur sehr lakonisch Schicksal! zugerufen, ohne mich umzudrehen, versteht sich.
So im Fahren gewann ich einen guten Eindruck von der Stadt. Sie gefiel mir jetzt auch bei Tage. Die meisten Häuser waren neu, der blaue Himmel stach sich an den weißen Firsten. Ich wechselte zur anderen Seite. Dort stand inzwischen Raoul am Fenster. Wir schauten nun beide hinaus, ich spürte, daß die Fahrt zu Ende ging.
Das andere Polizeigefängnis lag offenbar mehr an der Peripherie. Das hatte etwas für sich, ich wußte nicht, was. Ich ahnte nur, es hing mit der Vorstadt zusammen. Der Fahrer bog in einen Hof, dort mußten wir den Kleinbus verlassen. Wir traten auf einen Appellplatz. Die Sonne knallte auf den überall gesprungenen Asphalt, und mir fiel auf, wie ich sofort das Gesicht ihren Strahlen aussetzte, um meine Farbe aufzufrischen. Und obwohl es unsinnig war, blieb ich so stehen. Bis mich jemand stupfte. Es war Raoul, wir sollten hinein. Das Gebäude war innen erneuert, die alten Farben schienen hindurch. Es war trostlos renoviert, ich versuchte an etwas anderes zu denken. Ich dachte an den Abend. Im Untergeschoß des Gebäudes empfing ich die üb-

lichen Dinge, jeweils gegen Unterschrift, und erhielt dann meine Sachen, die im Hotel geblieben waren. Danach mußten wir unter die Brause. Es machte mich nicht glücklich, meinen Koffer wiederzuhaben, ich hatte mich schon sehr davon getrennt. Raoul stand mit dem Rücken zu mir und seifte sich ein. Ich dachte an Baby Ophelia. Wie sie am Beckenrand gestanden hatte, die Arme auf den Platten, den Kopf in einer der Beugen; wie mein Blick gewandert war, zu ihrem anderen Armknick. Nachdem wir wieder angekleidet waren, wurden wir zu unserer Zelle geführt. Es war sehr ruhig in dem Trakt, ich fragte mich, wo die anderen Gefangenen waren.

Unsere neue Zelle war nicht so hell wie die alte, dafür gab es richtige Betten, sie lagen übereinander; das kannte ich natürlich aus der Internatszeit. Daher bemühte ich mich gleich, jede Unstimmigkeit darüber, wer welches Bett beziehen sollte, zu vermeiden. Ich sagte, »It's up to you«, doch Raoul gab es zurück. Und so standen wir da, jeder mit seinem Zeug in den Armen; um nichts tun zu müssen, sah ich aus dem Fenster. Aber da war nur der Himmel zu sehen, ein dreimal unterbrochener, tiefblauer Ausschnitt. Ich achtete darauf, was hinter mir vorging.

Raoul schien sein Zeug auf den Schemel zu legen, der vor dem Bettrost stand. Dann entfernte er sich etwas. Er begann in den Eimer zu pissen.

Sein Strahl traf hart auf, mal an der Wand, mal am Boden des Eimers. Das Zwanglose seiner Verrichtung ermutigte mich. Ich wandte mich ihm zu. Ich schwang meinen Koffer auf das obere Bett und guckte hinein. Bis auf Schreibutensilien und meine Papiere, die restlichen Travellerschecks und das Rückflugticket, war alles noch drin. Was weg war, vermißte ich nicht, selbst das Notizbuch war mir einerlei geworden. Es war nicht mehr da, so wie Marlies und Ritzi auch nicht mehr da waren. Und es erleichterte mich auch: nicht mehr schreiben zu können. Raoul bezog das untere Bett, ohne ein Wort. Er breitete sorgfältig die Wolldecke aus, als hänge etwas ab davon. Anschließend befaßte er sich mit den Kleidungsstücken in meinem Koffer, vor allem mit den Hemden von Lacoste und einer Hose aus feinem Cord. Ich sah auf den dunkler werdenden Himmel.

Es war dann bald Abendbrotzeit. Die Männer, die mit uns aßen, waren Mestizen. Das Essen nahm sie ganz in Anspruch. Es gab Tee und einen Brei, es war Gefängniskost; ich schlang sie stolz herunter. Nach dem Essen und dem Tischabräumen fing ohne Übergang die Nacht an. In der Zelle war es jetzt schon finster, bis auf einen Widerschein, der vom Stadtzentrum kam. Er ließ die rohen Wände etwas schimmern. Ich stieg mit Hilfe des Schemels nach oben, ich zwang mich, ihn nicht zu erwarten. Kein Laut, auch nicht sein Atem, drang im Moment in mein Ohr. Ich sah auf Schattenzweige, die an der Decke kamen und gingen.

Sie wurden blitzhaft größer, sie überschlugen sich, sie verloren sich wieder. Es war eine schnelle Stafette, wie auf dem Beckengrund in Emilianos Hotel. Ich suchte ihren Ursprung. Er war nicht zu sehen. Und wieder trennte mich die Trägheit meiner Augen von allen Gedanken. Ich folgte meinem Blick, wohin er fiel; jedes Geräusch gewann meine Aufmerksamkeit. Da war jetzt doch sein Atem; nichts als die Schattenstafette und das leise Verströmen der Luft beschäftigten mich. Raoul lag wach, das hörte man. Manchmal zog er die Luft ein, als sei er kurz vor einer Entscheidung, und das klang dann ganz nahe. Es gab aber auch weit entfernte Geräusche, die jetzt so klangen, als entstünden sie in einer Muschel an meinem Ohr. Als hätte ich Fieber. Und dann sagte er auf einmal, besser, ich käme nach unten, worauf ich summte, daß ich einverstanden sei. Danach wartete ich etwas. Ich fing im stillen an zu zählen. Langsam zählte ich bis vierunddreißig, das war mein Alter. Er sollte nichts von meiner Ungeduld erfahren, was kein Trick war, nur ein Schutz; ich wollte keine Tricks mehr. Erst als ich hörte, wie er Platz schuf, stieg ich vorsichtig hinunter. Ich bettete mich neben ihn.

Ich zitterte nur im Kreuz. Nach einigen Sekunden sagte ich: »Gut, daß du da bist.« Ich sagte das auf Deutsch, so wie ich Oberst Blumentritt auf Deutsch mein Ehrenwort gegeben hatte. Raoul sah mich an, ich sprach weiter. Er las mir von den Lippen ab, ich weiß nicht, was; es war ein Zwiegespräch, das fühlte ich. Er verstand. Ich sagte ihm, ich sei soweit zufrieden. Ich hätte keine Sehnsucht nach Marlies oder Baby Ophelia oder einer Stelle bei der Frankfurter Allgemeinen Zeitung. Ritzis Tod sei auch ein Glücksfall gewesen. Man werde mich vielleicht verurteilen. Ich stünde dann zwar im Schatten des Lebens, doch stünde. Die letzte Formulierung kam mir übertrieben vor, ich sah ihn fragend an. Er lachte kurz, ich roch den Bohnenbrei. Aber das störte mich nicht. Ich flüsterte seinen Namen und lehrte ihn, meinen zu flüstern. Dabei pustete er mir in den Mund und sagte wieder: »Taifun«. Danach umarmten wir uns.

Das ging ganz ohne Mißverständnis. Es ging so wie das Kinderspiel Heißundkalt. Für eine Weile waren unsere Münder verschweißt. In diesen Zeitraum fiel ein abwegiger Einfall. Ich kam auf einen Inselwitz. Ein Gestrandeter sieht nach Jahren ein Schiff. Ein Beiboot wird zu Wasser gelassen, ein junger Mann kommt an Land. Er sagt, er sei vom Freundeskreis für Inselwitze – was so passiert sei in den letzten Jahren; das alles zwi-

schen wenigen Lidschlägen, während Raoul seinen Atem in immer kürzeren Abständen aus der Nase herausblies. Und genau wie früher verlangte ich: »Sieh mich an.«
Er schloß die Augen erst spät. Später schloß ich sie dann ebenfalls. Mein Atem stimmte sich mit seinem ab. Bald war es so, als schliefen wir. Es war die Zeremonie der Erschöpfung, die ich wiedererkannte. Mit dem ersten kleinen, in ein Schnaufen verwandelten Lachen klang sie aus. Wir hatten jetzt Zeit, wir küßten uns weiter. Ich sah uns da liegen, und es war recht so. Mein lebenslanges formloses Selbstgespräch schien mit diesen Küssen zu Ende zu gehen; langsam glitt ich in ein anderes Leben. Und hätte ich bei der Verhandlung noch einmal die Wahl, entschiede ich mich für die niedrigen Motive, was immer das wäre. Ich wäre aus dem Staub.

(Bangkok und Manila, Dez. 83, Jan., Feb. 84)